Stendhal

Le Rose
et
le Vert

Chapitre premier

Ce fut vers la fin de 183 * que le général major comte von Landek revint à Kœnigsberg sa patrie ; depuis bien des années il était employé dans la diplomatie prussienne. En ce moment, il arrivait de Paris. C'était un assez bon homme qui autrefois, à la guerre, avait montré de la bravoure, maintenant il avait peur à peu près constamment, il craignait de n'être pas possesseur de tout l'esprit que communément l'on croit nécessaire au rôle d'ambassadeur, – M. de Talleyrand a gâté le métier, – et de plus il s'imaginait faire preuve d'esprit en parlant sans cesse. Le général von Landek avait un second moyen de se distinguer, c'était le patriotisme ; par exemple, il devenait rouge de colère toutes les fois qu'il rencontrait le souvenir d'Iéna. Dernièrement, à son retour à Kœnigsberg, il avait fait un détour de plus de trente lieues pour éviter Breslau, petite ville où un corps d'armée prussien avait mis bas les armes devant quelques détachements de l'armée française, jadis, à l'époque d'Iéna.

Pour ce brave général, possesseur légitime de sept croix et de deux crachats, l'amour de la patrie ne consistait point à chercher à rendre la Prusse heureuse et libre, mais bien à la venger une seconde fois de la déroute fatale que déjà nous avons nommée.

Les récits infinis du général eurent un succès rapide dans la société de Kœnigsberg. Tout le monde voulait l'entendre raconter Paris. C'est une ville d'esprit que Kœnigsberg, je la proclamerais volontiers la capitale de la pensée en Allemagne ; les Français n'y sont point aimés, mais si on nous fait l'honneur de nous haïr, en revanche on méprise souverainement tous les autres peuples de l'Europe, et de préférence, à ce que j'ai remarqué, ceux dont les qualités se rapprochent des bonnes qualités des Allemands.

Personne n'eût écouté un voyageur arrivant de Vienne ou de Madrid et l'on accablait de questions le trop heureux bavard von Landek. Les plus jolies femmes, et il y en a de charmantes en ce pays-là, voulaient savoir comment était fait le boulevard des Italiens, ce centre du monde ; de quelle façon les Tuileries regardent le palais du Louvre, si la Seine porte des bâtiments à voiles, comme la Vistule, et surtout si pour aller faire une visite le soir, à une femme, il faut absolument avoir reçu d'elle le matin une petite carte annonçant qu'elle sera chez elle ce soir-là.

Le général quoique parlant sans cesse ne mentait point, c'était un bavard *à l'allemande*. Il ne cherchait pas tant à faire effet sur ses auditeurs qu'à se donner le plaisir poétique de se souvenir avec éloquence des belles choses

1

qu'il avait vues autrefois dans ses voyages. Cette habitude de ne jamais mentir pour faire effet préservait ses récits de la monotonie si souvent reprochée à nos gens d'esprit, et lui donnait un genre d'esprit.

Il était trois heures du matin, le bal du banquier Pierre Wanghen, le plus riche de la ville, était encombré par une foule énorme ; il n'y avait aucune place pour danser, et cependant trois cents personnes au moins valsaient en même temps. La vaste salle, éclairée de mille bougies et ornée de deux cents petits miroirs, présentait partout l'image d'une gaîté franche et bonne. Ces gens-là étaient heureux et pour le moment ne songeaient pas uniquement comme chez nous à l'effet qu'ils produisaient sur les autres. Il est vrai que les plaisirs de la musique se mêlaient à l'entraînement de la danse : le fameux Hartberg, la première clarinette du monde, avait consenti à jouer quelques valses. Ce grand artiste daignait descendre des hauteurs sublimes du concerto ennuyeux. Pierre Wanghen avait presque promis, à l'intercession de sa fille Mina, de lui prêter les cent louis nécessaires pour aller à Paris se faire une réputation, car dans les arts on peut bien avoir du mérite ailleurs, mais ce n'est qu'à Paris qu'on se fait de la gloire. Tout cela uniquement parce qu'à Paris l'on dit et l'on imprime ce qu'on veut.

Mina Wanghen, l'unique héritière de Pierre et la plus jolie fille de Kœnigsberg comme lui en était le plus riche banquier, avait été priée à danser par huit ou dix jeunes gens d'une tournure parfaite, à l'allemande s'entend, c'est-à-dire avec de grands cheveux blonds, trop longs, et un regard attendri ou terrible. Mina écoutait les récits du général. Elle laissa passer le petit avertissement de l'orchestre ; Hartberg commençait sa seconde valse qui était ravissante. Mina n'y faisait aucune attention. Le jeune homme qui avait obtenu sa promesse se tenait à deux pas d'elle, tout étonné. Enfin, elle se souvint de lui et un petit signe de la main l'avertit de ne pas interrompre ; le général décrivait le magnifique jet d'eau de Saint-Cloud qui s'élance jusqu'au ciel, la chute vers le vallon de la Seine de ces charmants coteaux ombragés de grands arbres, site délicieux et qui n'est qu'à une petite heure du théâtre de l'Opéra Buffa. Oserons-nous le dire, c'était cette dernière image qui faisait tout oublier à Mina. En Prusse on a bien de vastes forêts, forêts très belles et fort pittoresques, mais à une lieue de ces forêts-là, il y a de la barbarie, de la misère, de la prudence indispensable, sous peine de destruction. Toutes choses tristes, grossières, inguérissables, et qui donnent l'amour des salons dorés.

Le second valseur arriva bientôt tout rouge de bonheur ; il avait vu passer tous les couples, Mina ne dansait pas ; quelque chose s'était opposé à ce qu'elle donnât la main à son premier partner ; il avait quelque espoir de danser avec elle, il était ivre de joie. Mina lui apprit par quelques paroles brèves et distraites qu'elle était fatiguée et ne danserait plus. Dans ce

2

moment le général disait beaucoup de mal de la société française composée d'êtres secs chez lesquels le plaisir de montrer de l'ironie étouffe le bonheur d'avoir de l'enthousiasme et qui ont bien osé faire une bouffonnerie du sublime roman de Werther, le chef-d'œuvre allemand du XVIIIe siècle. En prononçant ces paroles le général relevait la tête fièrement. « Ces Français, ajoutait-il, ne sortent jamais d'une ironie dégradante pour un homme d'honneur. Ces gens-là ne sont pas nés pour les beaux sentiments qui électrisent l'âme, par exemple dès qu'ils parlent de notre Allemagne c'est pour la gâter. Toute supériorité au lieu d'exalter leur âme par la sympathie les irrite par sa présence *intuitive*. Enfin imaginez-vous que parmi eux un officier qui par sa naissance est comte ne peut pas placer ce titre avant sa signature officielle tant qu'il n'est pas colonel ! Peuple de Jacobins ! »

– « Ainsi parmi ces êtres sanguinaires on se moque de tout ! », s'écria le second valseur de Mina qui avait pris la liberté de rester à deux pas d'elle. Le général le regarda, il ne savait pas trop si cette remarque profonde n'était par elle-même entachée de jacobinisme. Le jeune homme tout tremblant auprès de Mina soutint sans sourciller le regard sévère du diplomate. Il était amoureux et croyait avoir deviné la pensée de Mina.

Le général, pressé de questions sur cette manie satanique qui distingue les Français, ne pensa plus au jeune homme. « Ces gens légers, reprit-il, ne veulent pas croire, par impuissance sans doute, aux sentiments sublimes éprouvés par un cœur vraiment amoureux de la mélancolie, surtout quand ce cœur, par un orgueil bien permis, les raconte et s'en fait une auréole. » Le général donnait mille preuves de ce manque du *sixième sens*, comme l'appelle le divin Goethe, chez les Français. Ils ne voient point ce qui est sublime. Ils ne sentent point les douceurs de l'amitié. « Par exemple, ajoutait-il, je n'ai pu parvenir à me lier d'amitié avec aucun Français, moi qui ai parlé intimement à des milliers. Un seul fait exception, un certain comte de Claix dont le rôle ou l'*individualité*, comme ils disent, est de briller par ses chevaux de voiture. Je lui avais fait venir de Mecklembourg un superbe attelage de grands chevaux café au lait à crinière noire, dont le comte était fou. Après le dernier Longchamp il a obtenu pour eux un article dans tous les journaux. Il était heureux, quand, tout à coup, il les joue contre quinze cents louis ; à la vérité il gagne. Mais enfin ces chevaux qu'il aimait tant, dans l'écurie desquels il allait déjeuner presque tous les matins, il aurait pu les perdre ! »

Il paraît qu'à la suite de cette belle partie, le comte de Claix s'était déclaré l'ami intime du général von Landek ; en punition de quoi celui-ci lui ouvrait son cœur sur le grand Frédéric, sur Rosbach, sur l'éternel Iéna.

– Mais que diable, mon cher Comte, s'écriait M. de Claix, nous avons été chez vous après Iéna, vous êtes venu chez nous après Waterloo, ce me

3

semble, partant quitte. N'allons plus les uns chez les autres. Je ne vois qu'un homme chez vous qui ait intérêt à vous jeter dans la colère et dans la guerre pour vous empêcher de songer à imprimer un *Charivari* à Berlin. Montrez que vous êtes gens d'esprit en ne vous laissant pas effaroucher. Croyez-moi, tous les patriotes qui vous parlent tant *honneur national* sont bien payés pour cela.

M. le Président de la Chambre de Kœnigsberg (le préfet du pays), assis gravement à deux pas du général, fronça le sourcil à ce discours qu'il eût été plus discret et diplomatique de ne pas répéter si clairement.

– Voilà un grand philosophe ! s'écria Mina, sans s'apercevoir qu'elle pensait tout haut.

Les quinze ou vingt personnes qui formaient cercle autour du général la regardèrent. Le Président de la Chambre prit de l'humeur, le général lui-même parut étonné. Mina fut un peu interdite, mais en un clin d'œil, elle se remit, elle commença par regarder d'un air naturel, mais pas du tout timide, les jeunes filles ses voisines qui, bien moins jolies qu'elle, s'étaient récriées. Puis elle demanda au général, d'une voix très lente, quel était le nom de *ce grand philosophe* auquel il avait fait venir des chevaux isabelles ?

– Eh, c'est toujours le comte de Claix, et c'est ma foi le seul Français auquel je puisse écrire après dix ans de séjour à Paris. Voyez quelle sensibilité ont ces gens-là ! Ma liaison avec les autres est toujours allée *dégringolando* après les premiers jours. C'est ce qui nous arrive à tous, nous autres étrangers.

Mina sacrifia toutes les valses de Hartberg au plaisir de faire des questions au général. Celui-ci était ravi : il captivait l'attention de la plus jolie fille de Kœnigsberg, et qui passait pour fort dédaigneuse. À quarante-cinq ans sonnés il l'emportait non seulement sur tel ou tel danseur, mais sur le bal. Le bon général allait jusqu'à se dire qu'il triomphait individuellement de toute cette belle jeunesse aux mouvements si souples. « Ce que c'est que d'avoir voyagé et de ne pas manquer d'un certain aplomb, se disait-il ! Quel dommage qu'une personne si charmante soit de sang bourgeois ! »

Mina était folle de la France et ne songeait pas au général qu'elle trouvait ridicule avec ses croix. « Chacune, se disait-elle, obtenue sans doute par une bassesse » (on voit qu'elle était libérale). Le lendemain, elle envoya prendre chez le grand libraire Denner la collection des chefs-d'œuvre de la littérature française en deux cents volumes, dorés sur tranches. Elle avait déjà tous ces ouvrages, mais en les relisant dans une nouvelle édition, ils lui semblaient avoir quelque chose de nouveau. Il faut savoir que Mina était l'élève favorite de l'homme de Kœnigsberg qui a peut-être le plus d'esprit, M. le professeur et conseiller spécial Eberhart, maintenant en prison dans une forteresse de Silésie comme partisan du gouvernement à *bon marché*.

Ce fut cette éducation singulière pour une jeune fille qui causa sans doute tous ses malheurs. Élevée au *Sacré-Cœur* du pays et en adoration perpétuelle devant les croix conférées à un brave diplomate par des souverains protecteurs de l'*ordre*, elle eût sans doute été fort heureuse, car elle était destinée à être fort riche.

Six semaines après le bal, Pierre Wanghen, à peine âgé de cinquante ans, mourut subitement, laissant à sa fille unique deux millions de thalers (à peu près sept millions et demi de francs). La douleur de Mina passa toute expression, elle adorait son père dont elle était l'orgueil et qui réellement avait fait pour elle des choses montrant une affection romanesque. Il faut savoir qu'en Allemagne le culte de l'argent n'ossifie pas tout à fait le cœur. Toutes les pensées de Mina furent bouleversées par cet évènement cruel. Elle avait toujours compté que son père serait son ferme appui et son ami pendant toute sa vie. Sa mère, fort jeune et fort jolie, lui semblait presque une sœur. Qu'allaient-elles devenir, faibles femmes, exposées à toutes les embûches des hommes ? La fortune considérable pour Kœnigsberg dont elles se trouvèrent tout à coup encombrées n'allait-elle pas augmenter les chances défavorables d'une vie isolée et sans protecteurs ?

Ce sentiment fut le seul qui survécut chez Mina au profond désespoir où l'avait jetée la perte de son père. Par sa tristesse, il fut introduit dans son cœur et s'en empara sans que sa douleur en sentît de remords. N'était-ce pas une façon de pleurer encore son père ?

Quelques mois après la mort de M. Wanghen tous les jeunes négociants un peu bien tournés du Nord de l'Allemagne semblèrent s'être donné rendez-vous à Kœnigsberg. La plupart étaient recommandés à la maison Wanghen qui était continuée par Wilhelm Wanghen, neveu de Pierre, et par suite avaient été nommés devant Mina ; tous professaient une amitié fort tendre pour cet heureux neveu.

L'empressement un peu trop marqué de cette foule de jeunes gens, loin de flatter la vanité de Mina, la jeta dans des réflexions amères et profondes. Sa délicatesse de femme non moins que sa douleur furent profondément blessées des attentions fort mesurées pourtant dont elle était l'objet. Par exemple, elle ne savait plus où aller prendre l'air. Elle était obligée de se faire conduire à deux lieues de Kœnigsberg et de changer chaque jour de but de promenade si elle ne voulait s'exposer à être saluée par cinq ou six beaux jeunes gens à cheval.

– Mais, est-ce chez moi un excès de vanité bien ridicule et surtout bien déplaisant, disait Mina à sa mère, les larmes aux yeux, lorsqu'elles rencontraient ces jeunes gens, si je me figure que c'est pour nous que ces messieurs se lancent à une distance aussi singulière de Kœnigsberg ?

– Ne nous exagérons rien, ma chère amie, disait Madame Wanghen, le hasard peut être l'unique cause de ces rencontres. Choisissons les buts de promenade les moins pittoresques et les plus paisibles et ne croyons jamais qu'à la dernière extrémité que quelque chose d'extraordinaire a lieu en notre honneur.

Mais c'était en vain que ces dames choisissaient les steppes les plus nues de la plage du Friesches-Haff (bras de mer voisin de Kœnigsberg), toujours, elles étaient contrepassées par de brillantes cavalcades de jeunes gens qui même avaient mis à la mode la couleur noire qui était celle du deuil de Mina. Ces messieurs s'entendaient avec le cocher de Madame Wanghen qui les faisait avertir de l'heure et de la direction de la promenade du jour.

Chapitre II

Mina finit par sortir moins souvent, elle errait dans ce magnifique appartement, chef-d'œuvre de la magnificence de son père, autrefois rendez-vous de la société la plus brillante et maintenant si solitaire. Le superbe hôtel bâti par Pierre Wanghen occupe l'extrémité nord de *Frédéric-Gasse*, la belle rue de Kœnigsberg, si remarquable aux yeux des étrangers par ce grand nombre de petits perrons de sept à huit marches faisant saillie sur la rue et qui conduisent aux portes d'entrée des maisons. Les rampes de ces petits escaliers, d'une propreté brillante, sont en fer coulé de Berlin, je crois, et étalent toute la richesse un peu bizarre du dessin allemand. Au total ces ornements contournés ne déplaisent pas, ils ont l'avantage de la nouveauté et se marient fort bien à ceux des fenêtres de l'appartement noble qui, à Kœnigsberg, est à ce rez-de-chaussée élevé de quatre à cinq pieds au-dessus du niveau de la rue. Les fenêtres sont garnies dans leurs parties inférieures de châssis mobiles qui portent des toiles métalliques d'un effet assez singulier. Ces tissus brillants, fort commodes pour la curiosité des dames, sont impénétrables pour l'œil du passant ébloui par les petites étincelles qui s'élancent du tissu métallique. Les messieurs ne voient nullement l'intérieur des appartements, tandis que les dames qui travaillent près des fenêtres voient parfaitement les passants.

Ce genre de plaisir et de promenade sédentaires, si l'on veut permettre cette expression hasardée, forme un des traits marquants de la vie sociale en Prusse. De midi à quatre heures, si l'on veut se promener à cheval et faire faire un peu de bruit à son cheval, on est sûr de voir toutes les jolies femmes d'une ville travaillant tout contre le carreau de vitre inférieur de leur croisée. Il y a même un genre de toilette qui a un nom particulier et qui est indiqué par la mode pour paraître ainsi derrière ce carreau qui, dans les maisons un peu bien tenues, est une glace fort transparente.

La curiosité des dames est aidée par une ressource accessoire : dans toutes les maisons distinguées l'on voit, aux deux côtés des fenêtres de rez-de-chaussée élevé de quatre pieds au-dessus de la rue, des miroirs d'un pied de haut, portés sur un petit bras de fer et un peu inclinés en dedans. Par l'effet de ces miroirs inclinés les dames voient les passants qui arrivent du bout de la rue, tandis que, comme nous l'avons dit, l'œil curieux de ces messieurs ne peut pénétrer dans l'appartement, au travers des toiles métalliques qui aveuglent le bas des fenêtres. Mais s'ils ne voient pas, ils savent qu'on les voit et cette certitude donne une rapidité particulière à tous les petits romans qui animent la société de Berlin et de Kœnigsberg. Un homme est sûr d'être vu tous les matins et plusieurs fois, par la femme qu'il préfère ; même, il n'est pas absolument impossible que le châssis de toile métallique ne soit quelquefois dérangé par un pur effet du hasard et ne permette pas au promeneur d'apercevoir la jolie main de la dame qui cherche à le remettre en place. On va même jusqu'à dire que la position de ces châssis peut avoir un langage. Qui pourrait le comprendre ou s'en offenser ?

C'était donc dans le plus bel appartement de la ville arrangé ainsi, comme tous les autres, que Mina passait sa vie travaillant à côté de sa mère et de leur cousine, Mme de Strombek, jeune veuve fort piquante qui venait tous les jours passer plusieurs heures avec ces dames.

Mina recevait quelquefois le matin quelques-unes de ses amies intimes. Ces jeunes filles lui apprirent en riant et comme un nouveau triomphe sur cette terrible espèce masculine que la mode du noir pour les jeunes gommeux, en son honneur et comme pour porter ses couleurs, avait pris depuis quelques jours un nom particulier et que les redingotes noires et si serrées de ces messieurs s'appelaient des redingotes de Frédéric-Gasse du nom de la rue dans laquelle on venait les étaler.

Cette circonstance qu'il fallait ignorer fut prise en très mauvaise part par Mina.

Madame Wanghen remarqua que depuis quelque temps Mina, contre l'ordinaire de toutes les dames de Kœnigsberg, ne regardait jamais dans la rue les passants à travers les petites toiles métalliques. Elle lui en fit la guerre.

Le ton de la plus parfaite égalité régnait entre cette fille et cette mère encore si jeune. Cette habitude nous semblerait peu convenable en France, mais en revanche Mina n'avait pas de meilleure amie que sa mère ; mais aussi, dès sa première enfance, elle était accoutumée à disposer de son temps dans l'intérieur de la maison absolument comme il lui convenait. Dans les pays allemands une jeune fille perd de sa liberté en se mariant.

Madame Wanghen, voyant que Mina ne lui répondait point clairement sur l'éloignement qu'elle avait pris tout à coup pour la vue magnifique qui s'étend sur Frédéric-Gasse et au-delà sur le superbe jardin anglais nommé *Amalienruhe*, cessa de lui en parler.

Mais un jour que, vers les trois heures après midi, pour jouir d'un beau soleil d'hiver, tout ce qu'il y avait d'aimable et de beau parmi les jeunes gens de Kœnigsberg se promenait à la Frédéric-Gasse dans un négligé savant qui va fort bien à la toilette allemande, Mina prit évidemment de l'humeur.

— Voudrais-tu, maman, dit-elle tout à coup, venir travailler dans le petit salon bleu ?

— Mais, ma chère amie, le salon bleu n'est agréable que le soir, il donne sur la cour et rien de plus triste un jour d'hiver. Quoi ! tu veux quitter ce beau soleil de printemps pour aller nous établir dans cette cave ! Tu étais folle de ce salon-ci il y a un an, quand ton père le fit arranger sur les dessins de notre pauvre prisonnier, le conseiller spécial Eberhart.

Mina rougit et ne répondit pas.

– Je parie, dit sa mère, après un moment de silence, que tu es en délicatesse avec quelqu'un de ces beaux jeunes gens si serrés dans leur redingote, qui passent et repassent sous nos fenêtres et me semblent même élever un peu la voix quand ils arrivent sur le beau trottoir de granit qui borde la maison. Plusieurs d'entre eux, si je ne me trompe, ont dansé avec toi au dernier bal que nous donnâmes avant nos malheurs. Quelqu'un d'eux se sera mal conduit depuis ce grand jour ?

Je vois que le lecteur est scandalisé, mais, à mon grand péril, j'ai pris le parti d'être vrai ; oui, il y a des pays où l'on a le malheur de ne pas agir exactement comme en France. Oui, il y a des pays où une mère, parfaitement sûre d'ailleurs de la sagesse de sa fille, plaisante avec elle sur l'homme que celle-ci pourra désirer pour époux. Aussi, chose scandaleuse, presque tous les mariages s'y font par amour. Et pendant des années entières ces demoiselles font la conversation dans un coin du salon à trois pas de leur mère avec l'homme qui espère les épouser. Et si cet homme, chose inusitée, venait à cesser ses visites, il serait complètement déshonoré. Au reste ce temps est peut-être le plus aimable de la vie pour l'un comme pour l'autre.

Une conséquence terrible de cette honnête liberté, c'est que fort souvent un jeune homme riche épouse une fille pauvre sous le vain prétexte qu'elle est jolie et qu'il en est amoureux fou, ce qui porte un notable préjudice à la classe respectable des demoiselles maussades dépourvues d'esprit et de beauté. Tandis qu'en France la base de toute notre législation non écrite relativement au mariage, c'est de protéger les demoiselles laides et riches. À prendre les choses philosophiquement, si ce n'était le tort fait à MM. les Notaires chargés parmi nous de former les liens de l'hyménée entre gens riches et qui ne se sont jamais vus, j'aimerais assez ces deux ou trois ans de bonheur un peu niais et d'illusions charmantes que les usages de son pays donnent à un jeune Allemand. Il rencontre ce bonheur précisément à ce moment si maussade parmi nous où la voix terrible de la nécessité se fait entendre pour la première fois. Il faut *prendre un état*, dit-elle, et le pauvre jeune homme s'en va travailler comme surnuméraire dans quelque sombre bureau pour arriver à avoir un jour un état. Le jeune Allemand, en allant à ce bureau, si maussade, passe deux fois par jour sous les fenêtres garnies de toiles métalliques de la jeune fille qu'il aime et qui travaille là à côté de sa mère. Il s'estime parfaitement heureux si elle lui permet de passer dans sa rue trois fois au lieu de deux, et, si elle apprend sur son compte quelque chose qui lui fasse ombrage, elle sait fort bien le prier à la première rencontre de choisir pour aller à ses affaires une autre rue que la sienne.

Quelquefois aussi on se parle sous les yeux des parents, assis tous les deux au bout d'une de ces tables de bois peintes en vert qui garnissent *le Chasseur Vert* (grün Jager), jardin anglais, situé à un quart de lieue de Kœnigsberg, célèbre par ses vieux ormeaux et dépendant autrefois de l'antique abbaye de Quedlimbourg.

C'est là que, deux ou trois fois la semaine sur les cinq heures du soir en été, tout ce qu'il y a dans la ville de jeunes filles et de jeunes femmes se donnent rendez-vous pour prendre du café au lait en plein air. Il y a toujours quelque troupe de musiciens bohémiens qui donne du cor à quelque distance, cachée sous de grands ormeaux contemporains des derniers grands maîtres de l'Ordre Teutonique. La petite tasse d'argent avec laquelle la jeune femme jouant de la harpe et suivant la troupe des musiciens vient faire la cueillette, ne recevrait pas un seul *gutegroschen* (pièce de trois sous et demi) si ces musiciens bohémiens avaient l'impertinence de jouer la musique composée par eux. Ce sont toujours des morceaux choisis de Beethoven, de Weber, de Mozart et d'autres auteurs encore plus anciens, tels que Bach ou Haendel.

Les cœurs faits pour la musique et l'amour trouvent délicieuses ces harmonies de cor jouées sur une mesure un peu lente. Les cœurs les plus secs : les marchands avares, les vieux juges dévoués à la Cour, les journalistes qui font l'éloge de l'alliance russe n'en sont pas trop choqués. Cette musique est assez éloignée pour qu'absolument parlant, on puisse ne pas l'écouter si l'on n'est pas disposé à la goûter, en un mot cette musique douce et mélancolique n'a rien de l'effronterie d'une chanteuse française conduite par un homme à gants jaunes et venant s'asseoir à côté d'un piano.

Mais, dira le lecteur, est-ce un voyage en Allemagne ou une simple nouvelle que vous prétendez me faire lire ? Peut-être ni l'un ni l'autre ; il est possible qu'il ne s'agisse de rien moins que d'un traité de métaphysique transcendantale d'après les principes de l'illustre Schelling que de peur de l'ironie française on fera exposer dans un dialogue savant et gracieux à la fois qui aura lieu au *Chasseur Vert* entre l'héroïne de la nouvelle, Mina Wanghen, et un de ces jeunes gens si serrés dans leur redingote, que garnissent si joliment des découpures de velours noir. Quand il deviendra trop savant, le dialogue aura lieu entre Mina Wanghen et son illustre maître le professeur et conseiller spécial Eberhart, maintenant retenu pour son bien à Schweidnitz, l'une des plus belles forteresses prussiennes de la Silésie.

Pour le moment toutefois le dialogue n'aura lieu qu'entre Mina Wanghen et sa mère et nous ne sommes pas encore arrivés aux parties sublimes du livre.

Mina rougit beaucoup à l'observation que lui fit sa mère, puis se jeta au cou de sa mère et fondit en larmes.

– Eh bien, dit Madame Wanghen en souriant, voilà ma pauvre Mina qui aura perdu ce beau surnom de *la dédaigneuse* que lui avaient donné ses amies les jeunes filles de Kœnigsberg, et je n'en suis pas fâchée : ton pauvre père désirait tant trouver à te marier avant que tu eusses vingt ans !

Mais Mina ne souriait point, Madame Wanghen ajouta d'un air plus sérieux :

– On t'aimait, on ne t'aime plus ; ou plutôt tu auras effrayé par quelqu'une de ces idées singulières qui grâce au ciel ne te manquent point, et l'on t'aime moins ?

– Tu vas te moquer de moi, chère maman, et m'appeler encore bizarre, c'est pourquoi je n'ose presque parler, mais ces jeunes gens me font horreur.

– Comment horreur ! dit Madame Wanghen en riant ; c'est-à-dire que l'un d'eux t'inspire des sentiments de colère, peut-être a-t-il un ami qui lui a donné de mauvais conseils ?

– J'ai honte de te dire ce que je pense, dit Mina animée par le sentiment de courage satisfait que lui donnait la hardiesse d'avoir enfin osé rompre la glace sur cet étrange sujet. Non, chère maman, ce sont tous ces jeunes gens, pris en masse qui me font horreur : j'ai lieu de croire par leurs mines, par leurs petits bouquets tous composés de lilas qu'ils auront su par mes amies être ma couleur favorite, et enfin par mille petites choses, qu'ils viennent se promener ici sous nos fenêtres précisément à cause de moi. Voudrais-tu, maman, faire le bonheur de ma vie ?

– Et comment, ma fille ? dit Madame Wanghen, un peu effrayée de l'extrême sérieux avec lequel cette question était faite.

– Ce serait de nous mettre d'accord avec mon cousin Wilhelm et de publier que nous sommes toutes les deux entièrement ruinées.

En faces, cette note en dessous du croquis :

« À quatre heures, le 5 juin, mon ballon qui promène mon imagination, au lieu de se tenir en A comme hier, va trop haut et monte en B, de cette hauteur, je n'ai plus qu'une vue cavalière des objets et non une vue pittoresque ; de là, grande difficulté à écrire. Cela vient de la promenade de trois heures ce matin dans Nantes. 5 juin 1837. » N.D.L.E.

– Que dis-tu, chère amie ? dit Madame Wanghen, croyant avoir mal compris.

– Que tous ces jeunes gens, réunis là, dans le vil motif de gagner les millions de ma dot, et dans ce but affectant tous les dehors d'un sentiment tendre, me font horreur. Aucun d'eux n'a garde d'être jaloux de son voisin et, qui sait ? peut-être quand je regarde par hasard dans la rue, suivant mon ancienne habitude, celui sur lequel hasard a fait tomber mon regard s'en vante avec ses amis et pour ce jour-là passe pour le préféré.

– Ah ! nous y voilà enfin. Tu avais un jour distingué un de ces jeunes gens qui n'a répondu à tant de bonheur que par de l'indifférence ? Le monstre !

– Jamais je ne serai indifférente, moi, pour aucun d'eux, dit Mina avec le regard tranquille de la naïveté ; tous me révoltent également. N'est-il pas vrai que depuis un mois une quantité étonnante de jeunes négociants du nord de l'Allemagne se soit donnée comme rendez-vous à Kœnigsberg et surtout qu'[ils] se soient faits tous recommander à Wilhelm ? Le général von Landek me l'a fait remarquer.

– C'est que, sans vanité, ou avec vanité, notre maison passe pour la première de Kœnigsberg.

– Eh bien ! la réunion de ces jeunes gens me fait horreur, je ne sais comment t'expliquer le genre et l'excès de mon horreur, et c'est pourquoi depuis huit ou dix jours je te fais un secret de ce sentiment-là. Depuis j'ai été conduite à des réflexions bien tristes pour l'avenir et qui me font revenir avec plus d'amertume encore sur la perte que nous avons faite. Mon père de son vivant ne m'aurait donné qu'une dot modérée : je ne serais point une héritière célèbre. Ainsi, chère maman, dit Mina en rougissant beaucoup, je ne pourrais jamais, comme toutes les jeunes filles mes amies, me flatter d'inspirer un sentiment tendre… Enfin tu me rendrais bien heureuse, chère maman, si tu voulais permettre de publier que nous sommes ruinées.

– Ma fille, un mensonge aussi grave est absolument défendu par la religion, reprit Madame Wanghen d'un ton fort sérieux.

– Mais, maman, à qui fait-il tort ce mensonge ?

– Dès qu'on se permet une mauvaise action en la justifiant par le motif, il n'y a pas de raison pour s'arrêter et l'on peut arriver ainsi aux choses les plus horribles.

– Maman, dit à son tour Mina d'un air fort sérieux, le bonheur de toute ma vie est attaché à ce mensonge. À cause de *ces millions* jamais je ne pourrai croire qu'on m'aime. Ainsi je suis plus malheureuse que si j'étais bossue : une malheureuse jeune fille avec ce défaut peut espérer que son bon caractère, que sa patience toucheront quelqu'un, mais je suis marquée de ce sceau fatal par le destin, jamais je ne pourrai croire que je suis l'objet d'une préférence réelle, etc., etc.

Madame Wanghen avait l'air fort étonnée ; Wilhelm Wanghen le chef actuel de la maison vint voir ces dames le soir, comme c'était son habitude. Mina lui demanda un moment d'entretien et passa dans un salon voisin. Là elle lui fit la proposition de la faire passer pour entièrement ruinée.

Ce sage banquier d'abord ne comprit pas, puis fut fort scandalisé.

– Folie ! folie ! s'écriait-il par moments, durant la harangue de Mina. Quoi, ma chère cousine, s'écria-t-il enfin, quand Mina lui donna le temps de parler, vous permettriez que le mot de *ruine* fût accolé au beau nom de Wanghen, sans tache jusqu'ici ? Vous manqueriez à ce point, permettez-moi d'aller jusqu'à cette extrémité, à ce que vous devez à votre mémorable père ?

Wilhelm finit par refuser absolument.

– Eh bien, en ce cas, dit Mina en colère, votre prétendue reconnaissance pour votre bienfaiteur ira-t-elle jusqu'à trahir sa fille ? Si ma mère, par pure bonté pour moi, me permettait de nous faire passer pour ruinées, nous trahiriez-vous ? répondez, Wilhelm ?

Le négociant, un peu ému par ce mot de *manque de reconnaissance*, demanda vingt-quatre heures pour réfléchir à une proposition si étrange.

– Demandez-moi, ma cousine, un quart de ma fortune, elle n'est pas bien considérable cette fortune, eh bien, je vous donne plutôt ce quart. Vous verrez alors si je mérite ce mot cruel : *manque de reconnaissance* envers la famille de Pierre Wanghen.

Le soir, et ce fut pour la première fois de leur vie, il y eut du froid entre la mère et la fille. Celle-ci demanda la permission de se coucher de bonne heure. Madame Wanghen soupa seule, fort affligée, et écrivit à Wilhelm pour le prier de passer chez elle le lendemain matin à six heures avant que Mina fût levée.

Ces deux bons cœurs allemands réunis le lendemain déplorèrent à l'envi la folie de Mina. Wilhelm démontra sans peine à Madame Wanghen que, quand bien même leur intérêt lui permettrait de se résoudre à une telle imposture, la chose était impossible à exécuter. Comment faire disparaître une fortune de plus de deux millions et demi de thalers ! Et supposez qu'on pût trouver un roman quelconque plus ou moins probable, la justice ne trouverait-elle pas un moyen légal de demander communication des pièces ? Quoi ! peu de mois après la mort du célèbre banquier Pierre Wanghen, connu de toute l'Allemagne, sa fille unique, encore mineure, était réduite à la pauvreté ou du moins à une aisance ordinaire !

– Mais, ma chère et vénérée dame, s'écriait le neveu, je fais injure à votre bon sens non moins qu'à votre conscience en discutant un seul moment un projet aussi fou. Songez donc qu'il s'agit d'une mineure ! Impossible, impossible et avant tout criminel !

Madame Wanghen ne se figurait nullement avoir une supériorité quelconque sur sa fille. Je pense bien que, poussée à bout et dans les grandes occasions, elle aurait essayé de se prévaloir du titre de mère, mais ce qui l'emportait de bien loin sur tout, c'était l'amitié passionnée et nécessaire à sa vie qu'elle avait pour sa fille. Ce refus qu'elle lui avait opposé la veille l'avait empêchée de fermer l'œil, elle avait passé la nuit à chercher s'il n'y avait pas un moyen légitime de satisfaire l'étrange résolution de Mina. La richesse ou la pauvreté n'est après tout, se disait-elle, qu'une condition secondaire de la vie. Supposons que mon mari se fût ruiné les dernières années de sa vie et nous eût laissées avec mille thalers de rente, en aimerais-je moins ma fille ? En serions-nous moins unies ?

Mais le neveu de Pierre Wanghen était fort insensible à ces sortes de raisonnements, il y voyait une folie pure. Madame Wanghen, voyant que le temps s'écoulait rapidement, finit par dire à son neveu :

– Allez de grâce, mon cher neveu, chez le fameux avocat Willibald, suppliez-le de venir à l'instant chez moi pour une consultation, obtenez sa parole d'honneur qu'il ne communiquera jamais à personne au monde la question que l'on va lui soumettre. Je veux le faire déjeuner avec ma pauvre Mina ce matin. Je ne puis pas rester en froid avec elle. Son père du haut du ciel me le pardonnerait-il ? Je mourrais trop heureuse si je puis prouver à Mina que, quand même j'y consentirais, la chose est physiquement impossible.

– Je dirai un mot à l'avocat.

– Gardez-vous en bien, mon cher ami, ne lui dites rien, je vous en prie, qui puisse lui faire croire qu'il m'obligera en donnant telle réponse plutôt que telle autre. D'abord je répugne à ce moyen et ensuite Mina lirait dans ses yeux qu'il a été prévenu et au lieu de jeter l'odieux de la chose sur l'impossibilité matérielle, j'en prendrais encore une bien plus grande partie. Moi, suborner un avocat appelé en consultation !

– Vous avez raison sur tout, Mina devinerait tout ce que nous aurions fait. Tenez, voulez-vous que je vous le dise ? Elle a trop d'esprit. Et ce fut une erreur de mon excellent oncle d'aller lui chercher pour répétiteur d'histoire ce fou d'Eberhart. Autre faute, complément de la première, d'aller promettre à ce diable de métaphysicien une rente viagère de mille thalers (3 370 francs) si, arrivée à l'âge de seize ans, Mina obtenait dans Kœnigsberg la réputation d'une fille d'esprit. Eh bien, elle jouit de cette réputation ; elle est plus souvent citée pour son esprit que pour sa beauté, vous voyez ce qui en arrive. Qu'est-ce que cet esprit produit pour son bonheur réel ? Comme si d'être la plus jolie fille de la ville ne suffisait déjà pas. D'après ce que je vois, cet avantage poussé à ce point n'est pas même à désirer.

L'avocat Willibald arriva en habit noir et en grande tenue dès neuf heures du matin. Les gens qui le rencontrèrent dans la rue ne doutèrent pas qu'il ne fût appelé par S.E.M. le Président de la Chambre (le préfet).

Mina fut admirable dans sa discussion avec l'avocat Willibald. Dans sa discussion avec sa mère le respect avait voilé l'énergie, la verdeur de ses répliques. L'avocat eut l'imprudence de ne pas se renfermer dans l'impossibilité matérielle de la chose ; adorant l'emphase comme tous les avocats du monde, il eut la maladresse de prétendre que le projet en question était illégitime.

– Et à qui peut-il nuire, dit Mina ?

– À vous, mademoiselle.

– Et ne suis-je pas juge de ce qui convient à mon bonheur ?

– Mais, mademoiselle, les lois n'ont jamais parlé d'une telle action !

– Et que me font les lois ? D'ailleurs même d'après vos propres maximes tout ce qu'elles ne défendent pas est permis.

La discussion fut chaude. Plus l'avocat s'embrouillait, plus ses répliques étaient longues. Willibald finit par s'en aller sous le prétexte que le courrier de Berlin le pressait.

– Savez-vous, mademoiselle, que vous m'ôtez presque les moyens de répliquer, à moi qui plaide depuis vingt-sept ans et avec quelque succès ? Eh bien, prenez toute votre fortune, en diamants ou en billets de la Banque d'Angleterre, allez en pleine mer et là, devant témoins, jetez cette fortune à la mer. Votre nom retentira dans tous les journaux de l'Europe. Les gens d'esprit de tous les pays vous diront ce que jadis un homme d'esprit d'Athènes disait à Diogène : « Diogène, à travers les trous de ton manteau j'aperçois ta vanité ! » Vous passerez pour la personne la plus belle, mais la plus vaniteuse de l'Europe. Or la vanité est un vilain défaut. Quoi, avoir besoin de l'assentiment des autres pour savoir si l'on est heureux !...

Et l'avocat parla longtemps.

– Eh bien ! que diriez-vous, monsieur, de la possibilité de changer de nom, et d'état : Mademoiselle Smith, avec mille thalers de rente.

– Rien qu'un mot, toute demoiselle jeune et jolie qui change de nom est supposée (avec la permission de madame je parle en juriste, dit l'avocat en saluant Madame Wanghen) est supposée avoir eu le malheur de devenir mère avant d'être épouse. Il faudrait donc par une préparation chimique (du nitrate d'argent) vous étendre une grande tache rougeâtre sur la figure en forme et simulation d'une affection cutanée. Encore, mademoiselle, par malheur il y a tant de souplesse dans votre taille, tant de jeunesse dans votre démarche que [si] quelqu'un de nos jeunes négociants du commerce allemand vous rencontrait à Naples, ou à Paris, ou à New-York, – et où ne pénètrent pas nos jeunes allemands ? – [il] finirait par reconnaître mademoiselle Wanghen.

Quatre heures sonnaient. L'avocat était pâle de fatigue. Madame Wanghen le prit à part, le paya richement et lui demanda le secret. Ce que l'avocat Willibald promit avec dignité et il tint sa promesse.

– Eh bien, ma fille, dit Madame Wanghen en rentrant au salon ?

– Eh bien, maman, je serai profondément malheureuse, mais j'ai acquis ce que je croyais impossible, de nouvelles raisons pour t'aimer, et elle se jeta dans les bras de sa mère.

Ces dames firent la conversation sans aucune réticence sur les projets de Mina, chose rare selon moi, même dans les familles les plus unies, et assez fréquente néanmoins en Allemagne : par un effet de la sympathie chacun de ces deux êtres trouvait réellement son bonheur dans le bonheur de l'autre.

– Mais, maman, dit un jour Mina à sa mère, m'accorderais-tu d'aller passer trois mois à Paris dans une sorte *d'incognito* ? Je serais délivrée de la vue de tous ces beaux jeunes gens allemands qui, je l'avoue, devient intolérable pour moi. À Paris, nous ferions une dépense très modérée, et...

– Nous partirons quand tu voudras, ma fille, et je prendrai sur moi le singulier de cette résolution... Je me ferai ordonner les eaux de Pilnitz en Bohème, où notre roi va tous les ans. Ah ! ma chère Mina, que je suis heureuse de faire quelque chose pour te plaire !

Chapitre III

Un jour que Madame Wanghen prenait du thé chez son neveu Wilhelm, c'était la seule maison où le deuil de ces dames leur permît de paraître, elle dit que sa santé l'obligeait à prendre les eaux de Cheltenham en Angleterre. On fut peu étonné de cette résolution. Pierre Wanghen était à la veille de faire le voyage d'Angleterre avec sa femme et sa fille, lorsqu'il avait été enlevé par une mort prématurée.

Madame Wanghen ajouta qu'après un séjour de quelques mois en ce pays elle songerait à revenir à Kœnigsberg, peut-être en passant par Paris.

Les jeunes beaux et le général von Landek parurent atterrés de cette phrase qui avait tout l'air d'une déclaration officielle. Deux des plus hardis osèrent bien dire qu'eux aussi devaient aller en Angleterre pour voir les courses et acheter des chevaux.

Quelques jours après, Mina et sa mère partirent pour Londres, mais arrivées à Hambourg, elles trouvèrent qu'un si long trajet de mer *était impossible* et prirent bravement la poste pour Calais, c'est-à-dire pour Paris.

Le banquier hambourgeois, correspondant de la maison Wanghen, avait la plus haute considération pour la veuve de Pierre Wanghen et surtout pour une fille dont la dot montait à sept millions. Voyant les dames Wanghen déterminées à aller passer trois mois à Paris, il leur procura d'excellentes lettres de recommandation. M. le chargé d'affaires de France à Berlin, fort lié avec le banquier de Hambourg, recommanda ces dames à sa famille et même au Ministre des Affaires Étrangères.

Pour débuter sur un bon pied auprès de la Banque de Paris, Madame Wanghen prit un crédit de 100 000 francs par mois. C'était bien l'Allemande la plus gaie et la meilleure, mais elle savait l'art de se faire bien venir.

– Nous allons donc voir cette jolie France, maman, s'écriait Mina, ivre de joie. À Paris, nous serons comme tout le monde, en Prusse nous n'aurions jamais été que des êtres inférieurs : la femme et la fille d'un marchand !

– Mais, chère Mina, tu calomnies un peu ton pays, répondait Madame Wanghen. Tu sais bien que le comte von Landek se porte pour amoureux de toi, qu'un autre comte de Berlin fort riche et plus jeune nous a fait faire des propositions honorables.

– Oui, ce jeune comte qui veut devenir ministre ! J'entendrais plaindre mon mari d'avoir été réduit par ses projets de haute ambition à épouser une petite bourgeoise. Il faudrait rougir à chaque instant et je ne sais pas si mon futur mari n'entreprendrait pas de te marier aussi, toi, chère maman, à quelque noble, afin de n'entendre pas ce simple nom de Madame Wanghen répété sans cesse par ses laquais à ton entrée dans nos salons. Cette idée ferait peut-être de moi une mauvaise femme, je verrais un rival dans mon mari, mais très certainement elle me rendrait malheureuse, et par conséquent tu le serais aussi, maman.

— Je ne pense jamais à l'orgueil, ma chère amie, et je ne fais attention qu'aux positions réelles ; d'ailleurs, je suis toute accoutumée à n'être qu'une riche bourgeoise, et pendant dix ans, quand ton père a commencé, je n'étais même qu'une bourgeoise tout simplement.

— Dans ces temps-là, la guerre n'était pas déclarée entre la noblesse et le *tiers-état*.

— Quel drôle de mot, s'écria Madame Wanghen, le *tiers-état* ! Tu vas bientôt oublier ta bonne langue allemande. Les récits du général t'ont ensorcelée.

— C'est une faiblesse, je l'avoue, mais je suis choquée des façons de parler de nos Prussiens. Quand je parle français il me semble que je me soustrais au poids de ce monde allemand qui m'étouffe. Les récits du général m'ont fait penser qu'à Paris une jeune fille qui sait trois ou quatre langues et qui peut offrir autant de millions à son mari n'est inférieure à personne.

— Conviens que ce pauvre conseiller spécial Eberhart t'a donné un peu de ses préjugés en faveur de la France.

— Depuis quarante ans les Français pensent et agissent pour tous les peuples de l'Europe. La haine qu'on leur porte prouverait à elle seule leur supériorité. Allons voir ce grand peuple chez lui.

— Tu es bien jolie, ma bonne Mina, notre départ aura fait le bonheur de toutes les jeunes filles à marier de la Prusse orientale, tu es savante, tu as de l'esprit à ravir, tu as cinq millions de leurs francs comptant, et deux dont j'ai la jouissance, mais je suis effrayée de ton esprit et ce qui comble mon effroi, c'est que jamais je n'aurai le courage de te résister en rien. Par exemple cette idée de nous transplanter à Paris sans en dire un mot à personne ! Et nous arriverons dans un pays où nous ne connaissons âme qui vive ! Qu'allons-nous devenir ?

Mina triompha dans la réponse à cette objection. Les libraires qui font des collections des chefs-d'œuvre de la langue française, pour ne pas payer de droits d'auteur ou pour d'autres raisons, n'admettent dans leurs collections que des ouvrages d'auteurs morts depuis longtemps. Et Mina se faisait une image charmante de la société française. Les comédies de Marivaux surtout lui avaient semblé d'une grâce parfaite. Ces comédies devaient représenter la France au naturel. Il n'y avait point surtout de ces marchands grossiers et raisonnables qui remplissent les comédies allemandes.

— Que va-t-on dire de nous, reprenait Madame Wanghen ?

– D'abord qu'aura-t-on à dire de nous ? Qui s'intéressera assez à nous pour en dire du mal ? Dans cette heureuse ville nous vivrons libres comme l'air.

– C'est encore là ce qui m'effraie. Te voyant libre comme l'air, tu seras plus singulière que jamais.

– Le général ne nous disait-il pas qu'on ne peut espérer de réussir un peu, parmi ces aimables Français, qu'autant qu'on parvient à les étonner un peu ? Et pour frapper ces imaginations ironiques ne faut-il pas qu'un étranger soit un peu différent de ce qu'ils s'attendent à vous trouver ? Certes, comme je te l'ai promis, je chercherai à cacher ce qu'il peut y avoir de singulier dans ma façon de penser ; mais d'abord ce que nous appelons *singulier* doit être tout naturel en ce pays-là, et ensuite si malgré moi on s'apercevait de quelque chose, ce sera une distinction et non pas un désavantage.

– Mais alors pourquoi refuser la première des distinctions ? Tu sais que le général von Landek nous a répété plusieurs fois que dès qu'un Français devient riche il adopte un second nom, moins vulgaire que le premier. Pourquoi ne serais-tu pas Mademoiselle Wanghen de *Diepholtz*, tu sais que cette terre est la plus belle de toute la Prusse orientale, elle rapporte quarante mille thalers et ton père l'a achetée en ton nom il y a dix-huit ans le jour de ton baptême.

– Oui, ma mère, mais un jour arrivera à Paris quelque bon négociant prussien qui dira que jamais à Kœnigsberg on n'a entendu parler de Mademoiselle de Diepholtz et, vois-tu, si j'avais à craindre de rougir de quelque chose, il me semble que je resterais muette. Je trouve impertinents les privilèges de la noblesse. Je quitte une patrie où ces privilèges m'offensent, et ce serait être encore sous leur empire que de profiter du changement de pays pour donner à mon nom les apparences de la noblesse. Nous arrivons dans une ville où un seul quartier, dit-on, le faubourg Saint-Germain, songe au manque de naissance. Eh bien ! ne nous logeons pas dans ce quartier. J'espère bien être l'égale de tout le monde.

– Oserais-tu bien faire serment que tu n'espères pas être supérieure ? reprit Madame Wanghen en riant.

Tels furent pendant le rapide voyage les entretiens de Mina et de sa mère.

Madame Wanghen à peine âgée de quarante-six ans avait encore toutes les apparences de la jeunesse, de sa vie elle n'avait voulu de mal à personne, ce qui lui donnait un certain air de bonté qui cachait un peu son esprit. Elle en avait infiniment cependant, et surtout une loyauté parfaite qui lui montrait fort nettement les motifs des actions des hommes. Dans son inquiétude d'arriver sans connaissance à Paris, elle se faisait suivre par six domestiques fort dévoués et par une nombreuse argenterie.

Malgré sa raison, Madame Wanghen elle-même commençait à s'accoutumer à l'idée agréable d'arriver dans un pays où, à l'église, au spectacle, dans les lieux publics, elle n'aurait à souffrir de l'insolence officielle de personne.

– C'est que cette révolution que tout le monde désire passionnément chez nous, disait Mina, est déjà faite en France. À Kœnigsberg, au moment d'entrer dans un salon, que de fois n'avons-nous pas été obligées de nous retirer rapidement, et de faire une révérence respectueuse à quelque dame noble qui se présentait à la porte du salon en même temps que nous. Ni toi ni moi nous ne pouvons nous trouver dans un salon où il y a une Altesse ; s'il en survient quelqu'une, il faut disparaître à l'instant.

– Mais y a-t-il beaucoup d'Altesses à Paris, disait la bonne Madame Wanghen ?

On vit enfin ce Paris tant souhaité, on y arriva par une belle soirée du mois d'avril. Après la visite de la barrière, la voiture de ces dames alla passer à la porte de leur banquier M. le baron de Vintimille. Un commis les attendait et conduisit ces dames à l'un des plus beaux hôtels de la rue de Rivoli dont l'appartement le plus cher était retenu pour elles.

Mina fut ravie de l'aspect des Tuileries et de leur verdure naissante. Elle allait sortir pour se promener sous ces arbres magnifiques, parmi ces statues, chefs-d'œuvre des plus grands artistes. On sent qu'elle voyait tout en beau, elle avait dix-huit ans et le plaisir si doux de faire sa volonté.

– Mais es-tu bien sûre de n'être pas fatiguée, disait Madame Wanghen ?

Mina prenait son chapeau.

– Mais ce chapeau fort à la mode à Hambourg sera peut-être extraordinaire à Paris, on se moque de tout ici.

– C'est précisément à cause de leurs blâmes impertinents que j'aime ces aimables parisiens ; notre froide raison à Kœnigsberg ne ferait aucune attention au chapeau d'une étrangère.

Comme on discutait en riant sur le chapeau, M. le baron de Vintimille fit demander si ces dames étaient visibles. Ces dames se gardèrent bien d'être fatiguées, il y a un naturel et une bonhomie charmante en Allemagne et en Italie dont nous ne nous doutons pas. Donc le baron entra ; c'était un assez bel homme de cinquante à cinquante-cinq ans, il avait une taille élégante, de grands traits et pas du tout la physionomie basse et inquiète d'un homme qui compte des écus. Il était fort bien mis, sans recherche. Cependant, après quelques minutes, Madame Wanghen trouva qu'il avait quelque chose d'inquiet et même de fou dans les yeux. Il parlait beaucoup et bien. Mina l'accablait de questions, il y répondait avec plaisir.

Madame Wanghen lui demandait trois ou quatre domestiques de bonne tenue, point bruyants et auxquels on pût se fier, il se chargeait de les trouver.

Voici quel était ce banquier dont l'obligeance vous surprend sans doute. D'abord, il était allemand ; autrefois il était protestant de religion et se nommait Isaac Wentig, maintenant il se faisait appeler le baron de Vintimille et il en avait bien le droit. Le roi de ***, dont il venait de faciliter le dernier emprunt, lui avait fait remettre par son ambassadeur à Paris un brevet signé, contresigné, scellé, parfaitement en règle et où l'on n'avait laissé en blanc que le titre octroyé par Sa Majesté à l'heureux banquier. Un savant qui dînait chez M. Isaac Wentig lui dit que la maison de Vintimille était éteinte, que d'ailleurs il était mieux de prendre un titre un peu étranger à la France.

– Eh bien, il faut qu'une maison qui commence soit modeste, dit le banquier, je ne serai que baron ; et il pria l'ambassadeur d'écrire de sa main sur le parchemin royal le simple nom de baron de Vintimille.

Le nouveau baron dit à l'ambassadeur en le reconduisant : « Monsieur le Comte, votre Excellence ne sera pas surprise si pendant une année à compter de ce jour la maison Vintimille ne prend aucune commission sur les traites tirées ou encaissées par vous. »

Je vois que le lecteur qui sait vivre trouve ce trait absolument hors nature. À quoi bon faire une dépense pour un bienfait accompli et que l'on ne peut ni révoquer ni augmenter ? Mais le nouveau baron n'avait été homme d'argent que de nom, il avait presque autant de vanité qu'un Français, aussi n'était-il qu'au cinq ou sixième rang pour les millions. Mais nul homme n'était plus content d'être baron, et, en véritable Allemand, croyant se faire bien venir des barons ses nouveaux collègues, huit jours après son élévation à l'ordre *équestre*, comme il disait, il abjura le protestantisme, ainsi que Madame la baronne, mesdemoiselles leurs filles et deux ou trois cousins travaillant dans la banque, et de protestant assez froid devint un excellent catholique. Il pensa bien que ce trait diminuerait fort son crédit parmi ses anciens coreligionnaires. Mais il avait plusieurs millions, il voulait acheter des terres, bâtir un château, faire de nouvelles connaissances et enfin se retirer peu à peu des affaires et devenir pair de France. Le fait est qu'il avait été personnellement piqué de l'immense supériorité que le fameux N…, banquier régnant alors, affectait sur tous ses confrères.

Le baron de Vintimille n'était presque plus un homme à argent, on ne sera donc pas surpris de ses procédés presque délicats envers les dames Wanghen, il cherchait réellement à leur rendre Paris agréable.

– Je vous conseille, Mesdames, de n'avoir jamais qu'une cinquantaine de louis dans votre bureau. Je ferai pour vous ce que je ne fais pour personne, je paierai vos dépenses envoyées chez moi avec un petit bon de votre main. Je vous enverrai un certain papier azuré que je fais fabriquer à Londres pour l'usage de ma maison, on ne saurait l'imiter à Paris. Sur ce papier, écrivez vos bons. Par ce moyen fort simple, n'ayant jamais d'argent chez vous vous serez à l'abri des vols sérieux. Quant aux friponneries de détail, ce peuple aimable vous enlèvera deux cents francs par mois en pièces de vingt sous. Mais, Mesdames, si vous voulez m'en croire, ne prenez jamais d'humeur pour si peu. Portez d'avance cette petite somme dans votre budget, les Français subalternes vous volent avec une grâce et un respect parfaits, tout à fait convenables. Ces gens-là ne sont même parfaitement comme il convient avec nous autres qu'au moment où ils nous volent.

— Mais, Monsieur, y a-t-il opéra ce soir, dit Mina ?

— C'est vendredi, sans doute opéra français.

— Quoi, tu veux aller à l'Opéra, dit Madame Wanghen ?

— Si tu me le permets, ce sera un grand plaisir pour moi. M. le baron, qui a des bontés vraiment fraternelles pour de pauvres étrangères qui débutent, enverra un de ses gens louer une loge…

On fit tout cela, le baron trouvait admirable l'enfantillage de Mina : que d'esprit, disait-il ! Elle n'est jamais ridicule et toujours si près de l'être ! Car il ne doutait pas un instant que toute cette amabilité ne fût une comédie.

Elle doit être bien fatiguée le soir, et le baron triomphait de la finesse de ses conjectures lorsqu'il vit Mina s'endormir profondément en admirant la troisième scène de la *Juive*.

Chapitre IV

Les premiers quinze jours passés à Paris furent exactement comme la première soirée ; Mina déclara à sa mère qu'elle passerait sa vie à Paris. Madame Wanghen n'était pas tout à fait du même avis, ce n'était point un esprit brillant, mais elle avait une sagacité singulière, elle voyait tout et il eût été difficile de lui rien cacher.

Mina était folle du Théâtre Français et ne concevait pas pourquoi il n'y avait pas foule tous les soirs. Le baron de Vintimille commençait à n'être plus si sûr de son admiration pour la jeune lady, comme il l'appelait. Il trouvait qu'il y avait de grandes fautes de calcul dans la comédie si agréable d'ailleurs qu'elle jouait avec tant d'aisance.

– Elle ne produira pas tout l'effet auquel elle s'attend, disait-il finement à sa femme.

– Je n'ai jamais partagé votre admiration, répondait la baronne. Sa conduite n'est pas bien calculée, c'est une tête bizarre. Quelle est cette manie de ne vouloir jamais être mise avec tout le luxe qui est d'étroite convenance pour une personne si riche ? Elle est au-dessous de la position où le ciel l'a placée. Je suppose qu'elle vient ici dans le dessein d'épouser quelque duc français. Eh bien ! quel est le jeune homme qui se respecte un peu et qui voudrait cet éternel négligé et de ces courses continuelles et horriblement fatigantes ?

– Ces dames n'ont rien dit à notre ami Bonnevin, le notaire, que j'avais introduit exprès dans leur intimité. Il en a été pour sa course à Chantilly qui a duré deux grands jours. Ces dames y allant, il a supposé une affaire importante à examiner dans les environs. Il a fait tout au monde pour se faire parler mariage ; ces dames ne lui ont parlé que du grand Condé.

– Mais vos lettres de Kœnigsberg sont-elles toujours sur le même ton ?

– Toujours, pas la moindre faute d'orthographe dans la conduite de la mère ou de la fille. La fortune est même plus considérable que ce qu'elles disent et il n'est aucun jeune homme de ce pays-là qui ne fût ravi d'être choisi par Mademoiselle Wanghen.

– Mais alors, elle est éprise de quelque être inférieur et qu'elle ne peut pas épouser.

– C'est possible, il faut bien qu'il y ait un pourquoi à cette conduite, mais enfin, s'il faut tout dire, je ne devine point cette raison secrète.

– Ces dames ont-elles encore refusé notre dîner de mardi ?

– Non, Madame Wanghen a voulu accepter.

– Nous verrons comment la superbe Mina sera mise.

Le baron ne voulant pas compromettre la sûreté de son coup d'œil ne fit point dîner les dames Wanghen avec ses nouveaux amis de la bonne compagnie. Il comprit bien qu'il faudrait leur expliquer Mina et il trouvait trop simple et voisine du ridicule la seule réponse qu'il eût à faire et qui mettait en fureur sa femme, la baronne de Vintimille : « Elle est ce qu'elle paraît : gaie, fort instruite et folle de Paris. »

Le dîner auquel il l'avait invitée n'était qu'un dîner de gens à argent.

La plupart étaient nés pauvres, quelques-uns simples ouvriers, et comme le disait M. de Vintimille, ce n'en était pas moins un dîner de vingt millions. En fait de gens insignifiants, c'est-à-dire ne comptant point dans les millions, il y avait un neveu du maître de la maison, chef d'escadron dans un régiment de lanciers, un chef de division au Ministère de l'Intérieur et un écrivain peu connu qui en cette qualité voulait entrer à l'Académie Française. Lorsque M. de Vintimille entendit la voiture des dames Wanghen il rappela à ses hôtes qu'il allait avoir l'honneur de leur présenter une dot de sept millions et une jolie figure, et courut recevoir ces dames au haut de l'escalier.

– Dites-moi les noms et, de grâce, faites-moi un peu de description, dit Mina, afin que je puisse comprendre quelque chose aux discours.

– Le gros homme à lunettes et à cheveux plats, qui sera à droite de la baronne de Vintimille, a refusé un ministère il y a six semaines, il est député, riche fabricant, et sera ministre un jour.

Un homme, qui a une physionomie pétillante d'esprit, sera à la gauche de Madame de Vintimille. Par malheur sa physionomie est une menteuse. Il ne sait pas dire un mot qui vaille, il fait des spéculations peu brillantes, mais sûres, et je l'évalue bien à trois millions. Je placerai auprès de vous, Mesdames, M. de Derneville, écrivain célèbre, ordinairement il parle beaucoup ; mais il y a une place vacante à l'Académie, il craindra de se compromettre par des épigrammes sur des gens connus et probablement ne dira rien. Il a une superbe épingle de diamants à son jabot. Vous remarquerez, Mesdames, un homme qui, à côté du nez le plus ridiculement petit, a des yeux bleus également singuliers par leur grandeur. Il était simple ouvrier chez Richard Lenoir, il y a vingt ans. Il a quatre millions aujourd'hui, c'est le plus riche fabricant de… en son genre. C'est un homme de la première ligne.

– Présentez-moi à lui particulièrement, dit Mina, je veux en être connue. C'est un homme comme mon père.

Quelle affectation ! dit le baron, son père a-t-il jamais été simple ouvrier !

– Mais je vous retiens, Mesdames.

– De grâce, encore quelques mots, s'écria Mina.

– Un monsieur de très bonne compagnie, qui a plusieurs croix et ne dira mot, c'est le général de Varces qui a une fort belle terre à vendre. Un

Monsieur qui a aussi cinq ou six croix, mais qui parle toujours, c'est M. Rotal l'un des brillants et des plus zélés capitaines de la garde nationale de Paris ; il est fabricant de… Le gouvernement le protège dans toutes ses entreprises et il est en train de doubler sa fortune actuelle qui est bien de deux millions.

Vous serez frappée, Mademoiselle, de la figure d'un homme encore jeune qui a une tête ronde et des cheveux extrêmement noirs. C'est un être fort vain, un beau diseur, s'écoutant parler et qui a l'air de dire aux malheureux qui essuient ses phrases vides : « Que vous êtes heureux, mon cher, d'être en rapport avec un homme de ma sorte. » Ce Monsieur n'est rien moins que le baron Faneau, ancien chargé d'affaires ou ambassadeur auprès d'une petite cour d'Allemagne. Il a trois millions, mais il est au désespoir de ne plus avoir sa place. Il a été trop faux, assure-t-on, même pour un diplomate. On l'a remercié comme gâtant le métier. Maintenant il se jette dans l'industrie et achète des actions dans toutes les entreprises. Il nous donne des nouvelles et sait tout ce qui se passe et se dit dans les ministères.

J'oubliais M. Pomar, c'est le plus riche propriétaire de la Bourgogne, il paie cinquante-quatre mille francs d'imposition. Tous les dimanches il va à la messe avec sa mère, il lui emprunte deux sous pour payer sa chaise à l'église et je suis sûr qu'il ne les lui rend jamais. Celui-là, à franchement parler, c'est un vilain homme et qui porte son caractère sur sa figure. Nous faisons beaucoup d'affaires ensemble. Je lui disais un jour, il y a deux ans, que je voulais acheter une certaine forêt dans les environs de Paray, il ne connaissait pas cette affaire qui était bonne en elle-même et qui me convenait beaucoup parce que j'ai une usine de fer dans les environs, il partit en poste dans la nuit et alla acheter cette forêt.

– Comment, et vous voyez un tel homme, dit Mina ?

– Sans doute, c'est moi qui suis un sot d'avoir parlé. Je lui ai donné un chapeau de vingt mille francs et il m'a rendu ma forêt.

Le lecteur a peut-être trouvé cette liste bien longue. Mina, bien différente du lecteur, en était amusée, plusieurs fois [elle] avait retenu par ses questions M. le baron de Vintimille qui voulait donner la main à Madame Wanghen et entrer au salon. Elles y furent reçues avec des compliments infinis par Madame et mesdemoiselles de Vintimille. On annonça bientôt le dîner. Le riche fabricant de tapis, futur ministre, donna la main à Mina qui lui trouva l'air fort raisonnable.

On se mit à table. Sur le champ la conversation générale commença par une discussion serrée et chaudement conduite sur le caractère politique du célèbre M. N… qui la veille avait parlé à la Chambre avec un succès immense. Le capitaine de la garde nationale porta aux nues l'ancien ministre.

– Parlez de son éloquence, mais non de la fermeté de son système politique.

Le capitaine répliqua chaudement.

– Nous ne pouvons être d'accord, lui cria M. Pomar, vous parlez comme un homme qui fait des entreprises, quant à moi je ne tiens au gouvernement que par les impôts que je lui paie.

Mina trouva que la conversation commençait d'une manière cruellement grossière, elle n'avait jamais vu rien de semblable dans les comédies de Marivaux. Bientôt on se dit des choses bien autrement fortes, on eût dit que ces messieurs étaient sûrs de ne pouvoir jamais s'offenser ; et les physionomies étaient encore pires que les paroles. Le chef d'escadron de lanciers, neveu du baron, dit à Madame Wanghen, sa voisine : « Ceci devient trop chaud, ces messieurs oublient qu'ils parlent devant de belles étrangères, il faut que je dise quelque bêtise dont je vous demande pardon. » Il raconta une histoire qui débutait bien et qui finit tout à coup par un mot qui était une grosse bouffonnerie et par un calembour.

À l'instant tous les invités déclarèrent, en parlant à la fois, que c'était un genre d'esprit pitoyable que le calembour. Chacun s'était mis à raconter avec l'empressement le plus marqué les calembours nouveaux que l'on pouvait espérer être écoutés par le voisin. Mina remarqua que deux ou trois calembours, que réellement personne ne savait, amenèrent un moment de silence complet : l'assemblée était occupée à les deviner avec une anxiété visible.

Le maître de la maison ne voulut pas qu'on parlât politique devant le riche fabricant, futur ministre, auquel à ce titre une telle conversation ne pouvait pas convenir. Il coupa un commencement de politique en demandant au capitaine de la garde nationale qui arrivait du Havre comment cette ville se tirait de la crise commerciale de l'Amérique.

– On y vend tout à vil prix pour sauver les cotons.

– Mais, c'est Paris qui souffrira.

– Savez-vous que la maison Wolf, Tiger et Cie a déclaré qu'elle n'accepterait aucune traite d'Amérique à compter d'hier lundi.

À ce moment six personnes parlaient à la fois. Il faut rendre justice à ces Messieurs, ils ne criaient pas, mais chacun parlait en appuyant sur les mots et en faisant remarquer qu'il était parfaitement sûr des choses qu'il avançait. Cette façon de converser dura bien dix minutes. Mina fronçait le sourcil.

– Tu as peur, lui dit Madame Wanghen en allemand ?

– Il est vrai, je n'ai jamais vu d'êtres si grossiers.

– Et le plaisant, dit madame Wanghen, c'est que c'est nous, allemands, qu'ils accusent de grossièreté. Jamais chez ton père, où il y avait aussi des dîners de vingt millions, as-tu vu des hommes se parler de cet air méchant et grossier ?

– Voilà qu'ils en sont presque aux démentis, dit Mina un instant après.

En effet chacun de ces honorables capitalistes prétendait savoir mieux que son voisin ce qui se passait à Londres et surtout à New-York, alors en pleine crise commerciale.

– Je suis d'un avis directement contraire, disait M. Pomar, je vous dis que les retours de la Nouvelle-Orléans se font en caissettes de piastres, on se garde bien de prendre des traites qui coûteraient sept à huit pour cent.

Ce dîner jeta Mina dans une profonde rêverie ; Madame Wanghen remarqua même que cette disposition au silence et à la réflexion n'était point altérée par la brillante soirée qui suivit le dîner du baron de Vintimille.

Le dîner avait été composé presque uniquement de gens à argent. La soirée réunit toutes les jeunes femmes de la connaissance du riche banquier. Elles n'avaient garde d'oublier un des plus magnifiques salons de Paris et surtout un des mieux peuplés. Ces dames arrivèrent presque toutes à la fois de neuf heures et demie à dix heures. Elles se placèrent des deux côtés de la cheminée. Les dames Wanghen remarquèrent à leur grande satisfaction que l'on ne formait point un cercle régulier comme à la Bourse. À mesure des arrivées des conversations particulières s'établirent. Plus de cent cinquante hommes parurent successivement : les députés les plus jeunes et les plus influents, quelques généraux, des médecins, quelques écrivains cherchant comme ceux-ci à se faire connaître en promenant leur figure comme un prospectus, passèrent successivement. Par malheur pour la curiosité des deux étrangères, on n'annonçait point chez Madame de Vintimille et mesdames Wanghen ne surent que plus tard les noms célèbres dont elles avaient vu la figure sans pouvoir la marier avec leurs noms. Très peu de ces Messieurs parlèrent aux femmes, ce n'était pas assurément faute de loisirs, car plusieurs erraient dans l'appartement et regardaient les tableaux.

À l'occasion de son nouveau titre le baron craignait mortellement les plaisanteries des petits journaux, c'est pour parer à cet inconvénient qu'il avait fait venir son neveu le chef d'escadron que madame la baronne de Vintimille n'aimait guère. Cette mesure toute belliqueuse était de lui. Monsieur de Miossince, un grand personnage qu'il considérait beaucoup lui avait dit : « L'exposition des tableaux est contemporaine de votre nouveau titre, achetez les tableaux dont les auteurs ont du crédit dans les journaux et que vous y verrez louer. »

M. de Vintimille avait saisi cette idée et il était partant un protecteur éclairé des arts.

Madame Wanghen demanda les noms de certains jeunes gens fort bruyants et assez connus dans le monde, leur amabilité [était] fort marquée envers Mina. Seule, parmi les femmes, elle fut honorée de leur attention. Mais rien ne put la faire sortir d'un sérieux profond tout à fait étranger à son caractère. Elle voulut rentrer à onze heures, elle qui ne trouvait jamais que les soirées se prolongeaient assez tard.

– Qu'as-tu donc, ma chère amie, dit madame Wanghen en montant en voiture ?

– La grossièreté de ces gens-là, répondit Mina avec un soupir. Me suis-je donc trompée, continua-t-elle d'une voix lente et pensive ? Sont-ce là ces aimables Français ? La société aimable que j'ai rêvée existe-t-elle sur la terre ?

– Quoi ! ma chère Mina, tu n'es pas malade ? Rien ne t'a blessée en particulier à ce dîner ?

– Rien absolument.

– Ah ! tu m'ôtes un grand poids de dessus le cœur. Je craignais que tu n'eusses pris une passion soudaine pour ce riche monsieur *** ou pour son aimable antagoniste le beau monsieur ***.

– Quelle grossièreté ! Ah ! maman, ne revoyons jamais ces gens-là.

– Mais sois juste, mon enfant. N'avons-nous pas obtenu les avantages matériels et positifs que nous refuse la société allemande ? Est-ce qu'un futur ministre t'aurait parlé à Kœnigsberg ? Est-ce que [nous] nous trouvions à table avec des gens aussi considérables en Prusse que des députés à cent mille livres de rentes ? En intriguant le soir en France, nous aurions occupé, toi et moi, les places d'honneur. Évidemment ce soir la société ne considérait aucune de ces belles dames que nous verrons plus tard comme valant mieux que nous par le rang.

– Eh, maman, en Prusse je n'ai jamais eu le cœur navré comme je l'ai en ce moment. Dieu ! Quels êtres ! Si j'étais ma maîtresse je crois que je repartirais à l'instant pour Kœnigsberg.

– Mais, chère Mina, quelqu'un de ces gens-là a-t-il manqué de politesse à ton égard ? Je ne t'ai jamais vue dans un état aussi violent.

À ce mot Mina partit d'un éclat de larmes.

– Il vaut mieux se livrer à ces petits enfantillages, dit-elle à sa mère, en s'efforçant de sourire au milieu de ses larmes ; cela passera plus vite. Plût à Dieu que j'eusse à me plaindre de quelqu'un en particulier… Ces gens-là me font horreur, dit-elle en redoublant de larmes et cachant sa figure sur l'épaule de sa mère.

Madame Wanghen vit qu'il fallait causer avec sa fille et que cette crise nerveuse passerait plus tôt.

– Je t'ai vue pâlir à table tout à coup, mais la salle à manger était vaste et bien aérée, il ne faisait point trop chaud ; pour moi j'admirais ces colonnes élégantes et ces petites fenêtres au-dessus des colonnes, c'est comme au palais du roi à Berlin.

– Eh, maman, que me font toutes ces choses physiques ? La grossièreté de ces hommes !…

– J'ai eu aussi cette idée-là en te voyant pâlir, mais ils n'élevaient point trop la voix en parlant, même les tournures de leurs phrases étaient assez polies.

– Plût à Dieu qu'ils se fussent emportés ! Ils auraient une excuse, on en verrait moins le fond de ces âmes grossières. Ah ! maman, as-tu vu leur physionomie ? La profonde grossièreté de ces âmes contentes d'avoir de l'argent ? Dieu ! que doivent être ces gens-là dans l'intérieur de leurs familles et lorsque rien ne les gêne ? Ah, maman, dit Mina, en redoublant de larmes, chez quel peuple sommes-nous venues ?

– Tu vas donc une fois être juste pour notre pauvre Kœnigsberg, dit Madame Wanghen. Tu as vu dîner chez moi, le jour de la fête de ton père, les Jacobsen, les Wolfrath, les Stenneberg, les Emperios, tout ce qu'il y a de mieux parmi les gens à argent de la Prusse orientale. Certainement ces gens-là, même sans y comprendre ton père, possédaient bien au moins vingt millions de leurs francs, comme les gens d'aujourd'hui. Avaient-ils cette aigreur, avaient-ils ce ton profondément impoli au fond ? Au milieu de la forte passion qui les possède et dans leur ardeur de persuader à tous leurs voisins qu'ils sont des gens considérables, les gens d'aujourd'hui n'avaient-[ils] pas l'air capables de tout faire ?

– Voilà le mot, chère maman, c'est toi qui l'as trouvé ! Et la politesse que ces gens à argent français étalent sur ce fond abominable ne les rend que plus hideux. Non, dans quelque position que par l'imagination on essaie de placer ces gens-là, on les voit toujours agissant suivant les règles strictes d'un égoïsme abominable. Ils veulent avant tout et à quelque prix que ce soit persuader à tout ce qui les écoute, primo qu'ils ont beaucoup d'argent, secundo qu'ils jouissent de la plus haute considération, tertio qu'ils ont beaucoup d'esprit.

– Te rappelles-tu la douce gaieté et la véritable bonhomie de M. Stenneberg, de M. Wolfrath, même du bon Jacobsen, quand ils étaient à table chez leur ami Pierre Wanghen ?

– On peut dire que ceux-ci forment un contraste parfait avec nos bons Allemands, répondit Mina ; elle ne continua pas sa pensée : il faut donc retourner à Kœnigsberg et renoncer à trouver rien de mieux. Sans doute elle estimait les Stenneberg, les Wolfrath, les Jacobsen, mais elle les trouvait si ennuyeux, si soumis de cœur à tous les préjugés !

– Et par malheur ce ne sont pas seulement là les hommes à argent de ce beau pays, tu as vu à la fin quand on est venu à parler de la question des sucres, que sept de ces messieurs sont députés et, comme tu sais, cet homme aux cheveux noirs et si courts, pour une Allemande, qui était à la droite de Madame de Vintimille, a refusé le ministère.

— Eh, je ne désire point voir des gens de la Chambre, dit Mina avec un peu d'humeur.

— En ce cas tu verras des gens du faubourg Saint-Germain pour lesquels tu ne seras qu'une bourgeoise.

— Pardon, chère maman, dit Mina en se jetant dans les bras de sa mère, je crois que j'ai eu un peu d'humeur. Il faut avouer que ces Français-là sont un peu différents de ceux que j'ai connus.

— Dis de ceux que tu as vu agir dans les livres, car, avouons-le...

Chapitre V

Ce Monsieur de K., attaché à la légation de Paris, avait dissipé sa fortune en cherchant à *faire effet* et n'eût pas été fâché d'épouser les millions de Mina. Il avait rendu plusieurs petits services à ces dames avant de faire de visite. Tout content il avait enfin obtenu la permission de les voir. Sur les motifs des visites, rien n'est moins difficile que la bonhomie allemande.

Après M. de K. ces dames n'avaient point d'autre connaissance que M. de Miossince, c'était un homme grave d'une cinquantaine d'années.

Le lendemain du fameux dîner avec les hommes à argent, M. de Miossince vint justement voir ces dames. Cette visite fut la première consolation réelle que reçut le cœur ulcéré de Mina. Mina fut morte de douleur plutôt que de dire un mot de ses douleurs de la veille à un autre être que sa mère. Ainsi M. de Miossince n'obtint aucune confidence à cet égard, mais son esprit pénétrant avait soupçonné la vérité et sa visite faite à une heure de l'après-midi, c'est-à-dire aussi tôt après le dîner de la veille que les convenances le permettaient, n'avait d'autre but que de s'assurer de la vérité.

Mina trouvait un plaisir intense à faire parler M. de Miossince. À chaque mot qu'il disait, ce digne homme prouvait à Mina apparemment que tous les Français n'étaient pas faits comme ceux de la veille.

L'être qui eût démontré cette vérité à Mina l'eût rendue bien heureuse. Or, c'est ce qu'après un quart d'heure de conversation, M. de Miossince lut dans son cœur. Il n'eut pas besoin d'une pénétration extraordinaire pour en venir à bout. Le cœur d'une jeune fille allemande est transparent pour ainsi dire, rien de plus facile pour l'homme habile appartenant à la civilisation française que de lire ce qui s'y passe. Mais aussi cet homme habile est souvent bien étonné de ne pouvoir deviner ses mouvements à venir. La véritable candeur échappe à l'esprit trop fin, appartenant à une civilisation trop raffinée.

M. de Miossince était connu dans le monde pour avoir refusé l'évêché de Meaux que le duc de Montenotte, son ami intime, avait demandé pour lui à Louis XVIII et obtenu. Il avait converti M. le baron de Vintimille et sa famille, il aspirait à convertir Mina. M. l'abbé de Miossince était honnête homme sans doute, mais avant d'être honnête homme il désirait les succès de sa robe. Après une jeunesse dont l'histoire était parfaitement inconnue, l'abbé de Miossince avait débuté dans le monde avec six mille livres de rente et s'était promis de remettre publiquement à l'administration laïque d'un hospice tout ce que le hasard pourrait jamais lui donner d'argent au-delà de ces six mille francs. Cette âme patiente, tranquille, immuable dans ses projets, n'avait qu'une ambition, qu'un plaisir au monde : celui de lutter avec ses simples forces contre l'irréligion et l'*indifférence* répandues en France.

M. de Miossince était un homme fort bien fait, [il] avait une taille gracieuse et fort bien prise, ses cheveux blonds très agréablement arrangés commençaient à être mêlés de blanc, il aurait eu une figure expressive si elle n'avait été cruellement maltraitée par la petite vérole. La couleur générale de sa conversation, toujours pleine de mesure, était celle d'un homme d'infiniment d'esprit qui, pour certaines raisons, ne dit pas tout ce qu'il sait.

Beaucoup de prêtres le blâmaient de ne pas paraître assez prêtre, mais il prenait en pitié ces propos subalternes. Convaincu que rien de grand ne s'opère sans l'union des efforts, rempli d'une soumission profonde envers Rome le centre d'unité, muni de la haute approbation de ses chefs, rien ne lui était plus indifférent que les criailleries et les petits mauvais procédés du vulgaire de ses collègues.

C'était lui qui avait fait baron le riche banquier protestant Isaac Wentig, il avait correspondu à ce sujet avec le confesseur du roi de ***. M. de Miossince était effrayé des bienfaits que répand à Paris le corps des banquiers protestants. *Là*, se disait-il, *il n'y a pas indifférence*, et il avait peur.

La conversion des Vintimille ne lui avait coûté qu'un mot : avec huit ou dix ans de procédés adroits et avec deux cent mille francs de charités habiles on pouvait se faire souffrir de la noblesse française, mais tout ce qui était âgé et riche parmi cette noblesse était dirigé par des prêtres catholiques qui dans ces temps de combat étaient obligés en conscience, [à s'opposer] à toute importance que pourrait acquérir une famille protestante.

M. de Miossince espérait un peu que Mina et sa mère séduites par les agréments de Paris s'y fixeraient, en ce cas Mina voudrait épouser un duc, et M. de Miossince avait deux ou trois ducs assez indifférents en matière de religion qu'il n'eût pas été fâché d'enchaîner en leur disant nettement un beau jour : « La religion catholique et romaine vous donne une dot de sept millions et une fille charmante et pure, à ce prix voulez-vous être son homme ? Je vous demande, croyant ou non, votre parole d'honneur à cet égard. »

Cette visite donna à l'abbé la crainte profonde que Mina ne voulût retourner en Prusse, il croyait voir en Madame Wanghen la mère ordinaire d'une fille fort riche, à ce titre menée par des intrigues, ayant envers sa fille une politique profonde et commençant toujours par être d'une fausseté parfaite à son égard. Il ne doutait pas que Madame Wanghen ne voulût avant tout retourner à Kœnigsberg. L'abbé ne comprenait pas le moindre mot à l'âme parfaitement pure de la mère et de la fille.

L'abbé vit avec tout l'étonnement d'une âme raisonnable et calme l'éloignement passionné pour la France que la soirée de la veille avait jeté dans l'âme de Mina. Ce qu'il voyait était si étrange qu'il craignit de se tromper. Il conseilla fort à ces dames de prendre une demi-loge à l'Opéra, une autre demi-loge aux Français et leur fit espérer une loge pour les représentations qui restaient de la saison des Bouffes.

Le baron de Vintimille avait présenté M. de Miossince aux dames Wanghen comme un ecclésiastique homme du monde, aimable et d'un commerce parfaitement sûr, c'était comme on le pense bien M. de Miossince lui-même qui avait dicté les paroles de cette présentation.

Comme il sortait de chez ces dames, entra chez elles un homme bien moins recommandé, mais bien autrement honnête : c'était un simple maître de littérature, le vénérable M. Hiéky. Il eût été difficile d'avoir plus d'esprit et de résignation à son sort modeste que ce petit homme à la mine chétive et qui par choix faisait le métier de courir le cachet. On lui donnait dix francs par heure, et il lisait avec Mina les Caractères de La Bruyère. Il savait un peu d'allemand et s'assura à diverses reprises si Mina comprenait la malice souvent cachée des phrases du fameux prosateur français. À son grand étonnement il s'assura que Mina comprenait ce qu'elle lisait. « Génie étrange, se dit à lui-même le vieux maître de littérature, elle se lève doucement pour aller observer deux moineaux qui viennent manger sur le balcon les miettes de pain qu'elle y a placées et elle comprend La Bruyère »

Le professeur Hiéky trouva Mina fort triste ce matin-là. Elle ne s'était pas levée encore une fois depuis trois quarts d'heure que durait la leçon pour aller observer les moineaux qui volaient sur ses fenêtres des grands arbres des Tuileries, lorsque dans ses explications de La Bruyère, il arriva au maître de dire : « Dans cette ville de Paris qui avait cinq cent mille habitants du temps de Napoléon et qui en a onze cent mille aujourd'hui, il se trouve de toute espèce de gens, ce qu'il y a de pis et ce qu'il y a de mieux. Percez par la pensée le mur du salon d'une maison, vous trouverez dans la pièce correspondante au même étage, de l'autre côté du mur, des gens d'un caractère parfaitement opposé à celui des gens réunis dans le premier salon. »

– Vous croyez, dit Mina en changeant de couleur.

– Sans doute, reprit le professeur. Ce qui fait du Paris actuel une ville unique au monde, c'est qu'il renferme ce qu'il y a de mieux et de pire en tous genres. Les gens médiocres, plats et sages, sont les seuls qui n'aient pas d'attrait pour Paris.

– Mais dites-nous, Monsieur, parce que tel salon renferme ce qu'il y a au monde de plus grossier, de plus vulgaire, de plus dégoûtant, [si] ce n'est pas une probabilité pour trouver pareille population dans le salon voisin ?

33

– Mais, mademoiselle, ou vous avez joué de malheur, ou bien vous n'avez pas daigné donner toute votre attention : ces gens vulgaires, grossiers, etc., etc., étaient remarquables par quelque supériorité.

– Bravo, monsieur le professeur, s'écria Madame Wanghen, vous battez ma fille.

– Maman a raison, monsieur, dit Mina. Ces gens avaient la supériorité de la richesse.

– Eh, mademoiselle, ce sont ceux-là qui me font vivre et qui m'impatientent. Sans cette classe mes leçons seraient encore à trois francs comme du temps de l'empire. Paris fourmille de gens riches qui à toute force veulent comprendre La Bruyère et assister aux premières représentations de M. Scribe, mais ils ne peuvent pas. Leur attention à vingt ans était ailleurs, et l'homme n'est jamais pendant toute sa vie que le développement de ce qu'il était à vingt ans. Je vais m'exposer à un ridicule, le plus plat de tous, celui du professeur qui flatte son élève, mais la vérité pure c'est qu'aucun de mes élèves ne comprend La Bruyère comme vous, mademoiselle, et comme vous n'avez pas vingt ans, j'ose espérer que vous serez une femme d'esprit toute votre vie.

Madame Wanghen eût embrassé M. Hiéky si elle l'eût osé, elle admirait sa petite perruque brillante de propreté et serrée sur sa tête.

– Puisque vous avez de la bonté pour moi, monsieur, dit Mina, expliquez-moi bien cette variété des salons de Paris.

– Pour qui a des yeux à la tête rien ne se ressemble davantage que les passions ou plutôt que la passion unique qui fait mouvoir tous ces cœurs parisiens, c'est l'*envie de paraître* justement un peu plus que ce qu'ils sont ; la très bonne compagnie se distingue par cela qu'elle veut toujours *paraître* mais seulement paraître ce qu'elle est. Mais cette *vanité*, cette unique passion, s'appliquant à toutes les positions de la vie, amène les effets les plus contraires. Dans le salon dont vous parlez, mademoiselle, et qui ne semble pas vous avoir enthousiasmée, il paraît qu'on voulait *paraître riche*. Eh bien, pendant assez longtemps après la révolution de 1830, dans les salons de la meilleure compagnie de France on a cherché à *paraître pauvre*, ruiné, abîmé. C'était bien toujours la volonté de paraître, mais ces salons étaient absolument contraires à celui qui, si vous me permettez de le deviner, semble avoir si fortement choqué mademoiselle Wanghen.

Le maître prit congé modestement, son heure était passée.

– Voilà un homme qui vient de nous sauver une soirée bien sombre, n'est-ce pas, Mina, dit Madame Wanghen en riant. Crois-tu qu'ailleurs qu'à Paris on pût trouver une telle conversation après un mois de séjour seulement, et pour dix francs ? Un tel homme à Kœnigsberg serait le roi de nos professeurs d'esthétique.

– Il serait Hofrath et bientôt prendrait le ton grave, n'oserait plus parler de certaines choses et tomberait tout simplement dans le genre ennuyeux. Allons, je le vois, dit Mina gaiement, *mon* Paris vaut encore quelque chose.

L'ambassadeur de Prusse présenta mesdames Wanghen au roi et à la reine et au ministre des affaires étrangères. Les personnes pour lesquelles ces dames avaient des lettres de recommandation les recevant avec grâce, les engagèrent à dîner, ces dames rendirent leurs visites dans les délais convenables.

– Sais-tu, Mina, disait un jour Madame Wanghen en sortant de chez madame la Présidente B ***, une des maisons de la robe où l'on recevait le mieux, sais-tu que quoique nous nous croyions et, je pense, avec raison, fort supérieures au général von Landek, nous commençons à partager son sort, nous allons *dégringolando*. Assurément nous ne saurions sur quoi faire des plaintes, rien ne manque à la politesse parfaite de ces aimables Français.

– Tu as raison, maman, nous serions bien peu dignes de vivre avec des gens d'autant d'esprit si nous ne nous rendions pas justice, notre présence gêne et jette du froid.

Ces dames firent leur examen de conscience et cherchèrent si elles n'avaient point à se reprocher quelque blâme imprudent des usages français.

– Les Français sont trop frivoles en ce genre pour s'offenser de quelque blâme de leurs usages, comme ce monsieur arrivant d'Italie, racontant l'autre jour [ce] qu'il lui est arrivé à Venise. D'ailleurs nous allons dans huit maisons et l'effet est général partout.

Ces dames consultèrent M. le baron de Vintimille mais avec tous les ménagements possibles. La baronne de Vintimille était une des femmes auprès desquelles leur chute était le plus visible, et elles n'eussent pas voulu pour tout au monde avoir l'air de lui faire des plaintes.

Ce fut aussi avec des ménagements infinis et une politesse bien supérieure à ses façons d'agir ordinaires que le baron fit entendre que, concentré absolument dans la grande affaire de transformer la fortune et la position d'un banquier en celles d'un grand propriétaire, il n'oserait donner à ces dames un conseil qui pourrait avoir les suites les plus graves. Il devait se borner à une tâche qui aurait toujours ses premiers soins, celle d'arranger leurs intérêts d'argent de façon 1o à ce qu'elles perdissent le moins possible sur le change entre Kœnigsberg et Paris, et 2o à ce qu'à Paris même elles fussent trompées le moins possible.

Le banquier abrégea sa visite d'une façon significative.

– Eh bien, maman, dit Mina quand il fut sorti, c'est clair : nous avons la peste, cela rend notre position piquante. Jouissons de la demi-loge que nous avons eu le bonheur d'obtenir au théâtre italien de l'obligeance de M. Robert, allons quelquefois à ces cours particuliers de chimie et d'astronomie, auxquels l'obligeance du correspondant de notre célèbre Gauss nous a fait admettre, en un mot jouissons des plaisirs qui à Paris sont accessibles à tout le monde, et voyons venir.

– Notre prudence saura bien, ajouta madame Wanghen, diminuer peu à peu la fréquence de nos visites et *découdre sans déchirer*, comme disait hier le bon monsieur Hiéky en te donnant une leçon sur les proverbes français.

M. l'abbé de Miossince avait fait entendre à ces dames, avec une adresse infinie et peut-être trop remarquable car elle fut remarquée par Mina, qu'elles seraient peut-être exposées à un genre de monomanie qui devient fréquent à Paris, à mesure que l'on s'apercevait en Europe que Paris est encore la ville qui est le moins gâtée par les aigreurs de la politique. L'adroit abbé voulait parler du gentilhomme ruiné et dont le talent suprême est de savoir dépenser avec grâce une grande fortune qu'il n'a plus. Ce genre d'hommes qui possède dans un degré idéal le talent du majordome allait bientôt tomber de toutes parts sous le pas de madame Wanghen et de sa fille.

– Eh bien, monsieur l'abbé, nous verrons leur adresse, dit Mina qui n'était pas fâchée de dérouter un peu les idées de M. de Miossince qui lui semblait avoir mis trop d'adresse à cette communication diplomatique. Madame Wanghen regarda sa fille. Elle savait qu'elle avait une horreur qui allait jusqu'à la monomanie pour l'idée qu'on lui faisait la cour à cause de ses millions.

– Inconnues comme nous le sommes en France, maman et moi, continuait Mina, nous devons nous attendre à un peu d'abandon, à voir un peu de solitude autour de nous. Si, dans les commencements, des gens dignes d'être appréciés nous recherchent à cause des millions (c'était la phrase de Mina en parlant de sa fortune), je pense que maman et moi nous ne nous apercevrons pas de ce genre de succès peu flatteurs, il est vrai, pour nos qualités personnelles, mais enfin qui nous sauveront de la solitude tant qu'on n'aura pas la gaucherie de nous y rendre attentives, de nous en faire apercevoir malgré nous-mêmes.

L'abbé de Miossince était étonné, et bientôt mit un terme à sa visite, c'était l'habitude de cet homme sage et parfaitement conséquent dans sa politique toutes les fois que quelque chose d'imprévu se présentait à lui.

– Eh bien, ma fille, il me semble que tu as pris tout à coup des sentiments bien vulgaires.

– J'ai cru m'apercevoir que M. l'abbé avait des projets ; j'aime autant qu'il ne voie pas aussi clair dans les nôtres.

– Mais nous disions un jour chez madame de Vintimille que nos projets étaient de ne pas choisir un mari pour toi avant que tu n'eusses atteint ta vingtième année, tu sembles dire le contraire aujourd'hui.

– Peut-être M. de Miossince n'a pas eu connaissance de notre mot de l'autre jour, peut-être, si on le lui a rapporté, y aura-t-il vu une précaution destinée à diminuer l'anxiété un peu trop visible de madame de Vintimille qui ce jour-là avait presque l'air de dire que ma présence allait dérober à ses filles les époux qui pourraient leur échoir.

Dans une de ses visites M. l'abbé de Miossince fit entendre à madame Wanghen que puisque la question d'argent n'en était pas une pour elle, il serait bien, ayant une fille si jeune et surtout douée de tant d'agréments extérieurs, de s'adjoindre une dame de compagnie, mais il ne faudrait point une personne payée, il serait à désirer que l'on pût trouver une parente éloignée, ou du moins une personne décente que l'on pût présenter au monde comme une parente.

Madame Wanghen ne répondit point à cette ouverture, elle eut l'air de n'y voir qu'un propos ordinaire et bientôt l'on parla d'autre chose, mais à peine M. de Miossince fut-il sorti qu'elle tint conseil avec Mina. « L'idée est sage et bonne, appelons notre cousine de Strombek, elle nous aime comme nous l'aimons, elle est sage et prudente, peut-être est-elle encore un peu jeune, elle n'a pas trente ans, mais les longs malheurs, suite de son mariage avec un seigneur de la Cour, lui ont valu une connaissance du monde bien supérieure à son âge. Où pourrions-nous trouver un cœur de femme qui nous aime comme celui-là ? Nous pourrons penser tout haut avec elle. »

– Elle qui s'est si mal trouvée d'un époux grand seigneur, ajouta Mina, elle pourra nous donner des idées dans l'art de repousser honnêtement tous ces secrétaires d'ambassade qui se présentent à cause des millions.

Justement ce soir-là le ministre de Prusse avait fait annoncer à ces dames que dans la nuit un courrier extraordinaire partirait pour Berlin. Madame de Strombek reçut avec une joie folle l'invitation de ses riches cousines. Elle avait à peine trois ou quatre mille livres de rente, unique reste des huit cent mille francs de dot qu'elle avait apportés à M. de Strombek, un des seigneurs de la cour de Berlin qui à trente-six ans était mort d'épuisement et tout à fait ruiné. Il sembla à Madame de Strombek être encore dans ses jours de fortune, elle prit la poste de Kœnigsberg à Hambourg et en dix jours arriva à Paris par le bateau à vapeur du Havre.

Chapitre VI

M. l'abbé de Miossens fut bien surpris à sa première visite après celle où il avait jeté la proposition d'une dame de compagnie de trouver ces dames dans la joie de l'arrivée de leur cousine de Strombek. L'abbé fut très contrarié. L'existence de ce personnage rendait impossible l'introduction d'une certaine madame d'Arblay, personne admirable par la prudence savante et la douceur engageante de ses manières et qui avait déjà aidé l'abbé à convertir une riche famille protestante fort attachée à son erreur.

Ces deux échecs, ou du moins ces deux surprises, arrivées coup sur coup, étonnèrent le génie de l'abbé. « On donne de la simplicité au caractère allemand, se dit-il, mais il jette dans l'erreur précisément par son innocence, par sa candeur, par cette absence complète de l'idée de tromper. Liés comme nous le sommes, qui n'aurait pas supposé que ces dames me feraient confidence de l'idée de faire venir de si loin cette fatale cousine ? Si réellement j'aspire au bonheur de faire rentrer dans le giron de l'Église ces consciences égarées, il faut redoubler de soins et placer cette affaire au rang des plus importantes. J'ai péché par un défaut qui n'est plus de mon âge, ajouta l'abbé de Miossince avec componction (en sentant profondément tous ses torts), *par excès de confiance*. Peut-être aurais-je dû proposer plus clairement madame d'Arblay. Elle a la connaissance parfaite des usages français, c'était un avantage à faire valoir et qui peut-être eût été décisif aux yeux de ces dames. Mesdames Wanghen ont trop d'esprit pour ne pas voir que leur naïveté, que leur confiance dans la parfaite simplicité et innocence de tout le monde, les entraîne quelquefois à revêtir les apparences d'une conduite bizarre et qui pourrait être mal interprétée… Il devient nécessaire d'étudier le caractère de cette grande dame déchue et trompée par son mari qui va nous arriver. Cet évènement complique la question, tel motif de conduite qui pouvait être considéré comme d'un effet probable et bastant pour déterminer l'esprit de la mère et de la fille peut manquer totalement de son effet, sur celui de cette troisième personne qui a vécu à la cour de Berlin. J'ai perdu *un temps*. Il faut moins de prudence, la différence des usages de Kœnigsberg à ceux de Paris sauvera ce qu'il y aurait de trop crû dans mes démarches si j'agissais avec des Françaises. Pourquoi avec un cœur de dix-huit ans et surtout avec un cœur allemand me priver des chances de l'amour ? Pourquoi ne pas produire mon petit jeune homme ?… Le difficile sera de l'y déterminer lui-même ; son habitude est d'agir avant de penser. »

Une heure après l'abbé était à cheval. Nous avons dit, ce me semble, que c'était un homme d'esprit, aussi ses supérieurs le traitaient-ils comme tel, ils savaient bien que l'abbé leur était soumis comme *un bâton dans les mains de l'aveugle*. Ne vous étonnez donc point de voir M. l'abbé de Miossince à cheval dans les allées du Bois de Boulogne : il voulait rencontrer le jeune duc de Montenotte et ne pas avoir l'air de le chercher.

Bientôt il l'aperçut de fort loin, sur un de ses plus jolis chevaux ; le duc montait admirablement bien, c'était là jusqu'ici son seul talent réel. Du reste, même dans cette action si simple, son caractère de froideur et d'indifférence pour tout était visible. On concevait à peine comment un être si glacial pouvait être le fils de ce fameux général Malin-La-Rivoire, l'un des plus illustres compagnons de Napoléon dans son immortelle campagne de 1796 en Italie.

Ce fils de général, devenu duc et maréchal quand son maître se fut fait empereur, avait à peine vingt-deux ans, il sortait de l'École Polytechnique et était lieutenant d'artillerie. Quoiqu'il ne fût pas très grand, il pouvait passer pour un fort joli homme ; il n'avait d'autre tort que de porter les cheveux arrangés d'une façon singulière, coupés carrément à la hauteur des oreilles, presque à l'allemande. Il avait un fort beau teint, mais les yeux un peu rouges.

Malgré son extrême froideur pour toutes choses, en y regardant de bien près, et l'abbé le savait bien, on eût peut-être pu trouver en lui un peu d'affectation de simplicité. Par exemple il venait de faire meubler le premier étage de son hôtel que sa mère l'avait forcé de prendre et tout son mobilier, du reste magnifique, était en bois de chêne, ce qui avait semblé atroce à sa mère, duchesse jusqu'au bout des ongles et qui le persécutait pour le marier.

Son père était mort jeune encore et Léon avait été duc à l'âge de cinq ans. À vingt-deux, en arrivant à la vie réelle, il était un peu embarrassé du rôle auquel ce titre semblait le forcer. Sans doute il eût eu une affaire avec l'indiscret qui se fut permis de lui faire entendre qu'il devinait cette situation de son âme, mais le fait est que pour son malheur il n'était pas complètement dupe de son titre. Il n'y croyait pas comme pourrait le faire un duc véritable doué de peu d'esprit.

Dans de certains moments où il voyait la vie en beau, Napoléon Malin-La-Rivoire était bien aise d'être duc. Quand il entendait parler autour de lui de l'embarras mortel qui à dix-sept ans vient saisir la vie d'un pauvre jeune homme et gâter par ce mot si triste : *il faut prendre un état*, les illusions si riantes de la première jeunesse et ses joies si vives, Léon se disait : « Eh bien, moi, je suis au-dessus de ces choses-là, j'ai un bon majorat solidement placé en belles terres, dans le département du Nord, et je suis duc. » Mais c'était sa paresse qui parlait ainsi ; au fond dans les moments sérieux, il n'était pas bien sûr de *n'être pas un abus*. Voilà l'effet de ces maudits petits journaux tels que le *Charivari*.

Est-il convenable pour le bonheur de la France, se disait-il, qu'il y ait des ducs ? Les jours où il était disposé à voir les choses en noir, et c'était pour le moins cinq jours de la semaine, la réponse à cette question lui semblait plus que douteuse. Ces jours-là il se sentait disposé à s'offenser de tout. C'était en vain qu'il essayait de s'étourdir par cette maxime qu'il se rappelait avoir lue dans Duclos : Je n'ai pas fait l'abus, il était avant moi, ne pas en profiter quand il m'est favorable, ce serait montrer un cœur pusillanime.

Mais il était trop honnête homme ou trop pensif, ou si l'on veut trop triste, pour s'endormir sur cet oreiller. Au travers de toutes les velléités et de toutes les vanités de son âge, il commençait à avoir besoin de sa propre estime, celle des autres ne lui suffisait plus. C'était pour échapper à tout cet embarras de raisonnements et aussi pour imiter un peu l'activité de son père qu'il aimait tant à agir : c'était le premier escrimeur, le premier tireur, le premier sauteur de son temps.

Pendant un an ou deux, à la fin de son séjour à l'École Polytechnique, il s'était figuré qu'il trouverait le bonheur en Angleterre quand il pourrait aller y acheter lui-même trois chevaux *pur-sang*. En Angleterre où il avait passé huit mois, il avait appris à être un homme du *turf* et à se connaître parfaitement en chevaux, il en avait acheté cinq au lieu de trois, ils étaient magnifiques et chacun avait ses qualités particulières : la force, la légèreté, etc.

Plus tard, ne se trouvant pas beaucoup plus heureux avec ses cinq chevaux anglais, il avait eu le projet d'aller en Syrie et sur les bords de l'Arabie, acheter des juments arabes. Mais comment faire consentir sa mère qui avait la fureur de le marier à un aussi long voyage ? Au moment où la présente histoire le saisit, il commençait à se dire que c'était employer bien du temps et des soins pour avoir des chevaux. Et que pourrait-il faire après tout avec ces chevaux arabes, disait le parti du dégoût, qu'il ne fît déjà avec ses cinq chevaux anglais ? Il ne savait quoi répondre.

En vain s'était-il dit après quelques jours pour donner une sorte de raison plausible à la chose : « J'irai voir en Égypte les champs de bataille où mon père a versé son sang ». Cette raison avait semblé suffisante à ses moments pensifs pendant huit jours, puis il était arrivé à cette réflexion terrible : « Mon père à mon âge eût bien ri de la proposition de s'occuper à aller voir l'endroit où son père s'était illustré. Mais est-ce ma faute à moi, se dit-il indigné, si le gouvernement ne fournit plus à personne l'occasion de s'illustrer ?... Par bonheur pour la France, elle n'a plus besoin de ces hommes sublimes qu'elle récompensa par une gloire immortelle et faute desquels elle fût devenue en 93 une province de la Prusse ou de l'Autriche. »

Le jour même où M. de Miossince rencontra le jeune duc du Bois de Boulogne, l'idée suivante le rendait rêveur et en faisait un compagnon peu agréable pour les amis avec lesquels il montait à cheval : « Quand je maudis le gouvernement de Louis-Philippe, je suis aussi ridicule qu'un médecin de campagne qui chercherait querelle à son village parce que personne n'y a la fièvre jaune. »

Tout en rêvant il n'était point silencieux, au contraire, seulement s'il était une minute ou deux sans être obligé de parler il se disait : « Si tu veux que ton pays te récompense par une grande gloire, cherche ses besoins actuels et satisfais à ces besoins. Mais, ajoutait la voix intérieure, si mon pays a besoin d'un préfet qui ne soit pas à genoux devant un caprice ministériel ou d'un ministre qui deux heures par jour se donne la peine de songer sérieusement à l'amélioration de la chose qui donne le nom à son ministère, au lieu de penser uniquement à conserver son portefeuille et à plaire à la cour sans déplaire à la Chambre, que gagnerais-je même en étant ce préfet honorable qui cherche le bien et ne tremble ni devant son évêque ni devant la peur d'être dénoncé pour un gain de cent louis, – ce ministre d'un mérite si original ? De la gloire ? J'aurais de la considération ? À peine. Qui parlera de moi deux ans après ma mort, et même de mon vivant qui sera sûr de mon mérite ? Qui diable se donne la peine de rechercher si réellement en 1834 tel préfet qui persécutait les pauvres Polonais voulait étouffer le mauvais exemple de la révolte ou faire la cour au ministre *intimidant* et conserver sa place ? »

Dans ce moment le duc eût désiré avoir une barrière difficile à sauter. Au milieu de la conversation sur les dernières courses de Chantilly, le pauvre jeune homme était combattu par ce grand mot qu'il sentait vivement : *noblesse oblige*, et l'exposé de ses idées.

Il n'avait aucun ami, aucun confident. Une fois ou deux il avait essayé d'effleurer ces grandes questions en parlant à un de ses compagnons de plaisir. On lui avait répondu : « *Oui* », en bâillant à ces mots si profondément sentis et qui devaient laisser toute son âme trop heureuse de n'être pas accusée de vouloir faire l'homme profond. Un seul sentiment pouvait le distraire un peu, il aimait sa mère, mais à une chasse au cerf à laquelle dernièrement il était allé assister en Belgique chez un grand seigneur de ce pays-là, son intime ami par les chevaux, une idée l'avait tout à coup saisi en voyant le pauvre cerf suivi et harassé par les chiens : « Si je pouvais avoir cet excès de vanité, s'était-il dit en souriant mélancoliquement, que de me comparer à cette noble bête, voilà comment je suis poursuivi par les mariages. Ma mère d'un côté, parlant au nom de ce que je dois à mon illustre père, à ma famille et à ma dynastie qui n'existe pas, – et de l'autre, comme tous ces roquets de village qui se joignent pour un instant à nos nobles chiens de meute, toutes les mères de la société de Paris qui ont des filles à marier. »

41

Cet être si respectable aux yeux de la morale des livres, une mère riche ayant des filles à marier, était la bête noire du pauvre Léon. Il voyait d'une lieue les diverses ruses de la mère et des filles, les baisers attendris et enthousiastes que dans les moments décisifs, lorsqu'on était regardé, la mère donnait aux filles ou les filles à la mère, suivant les circonstances. À tous ces spectacles si touchants, le dirai-je, il préférait de beaucoup la société de ces pauvres petites danseuses de l'Opéra qui gagnent 7 fr. 50 centimes toutes les fois qu'elles paraissent dans un ballet. « Le rôle de celles-ci, se disait-il, est du moins franc et sincère, sans arrière-pensée, et d'ailleurs il est fondé en raison. Elles ont un besoin réel de la très petite somme que leur offre leur amant ou plutôt leur ami, car les sentiments qu'on a pour elles ne vont guère au-delà d'un peu d'amitié et encore fondée sur la pitié, sur la vue des mille choses qui leur manquent pour pouvoir vivre. »

Au milieu de tous ces doutes ce jeune duc, possesseur dans le moment de cinq chevaux magnifiques, (trois mois auparavant il avait eu le malheur de perdre la célèbre Alida, jument admirable) ne savait pas ce qu'il était au fond, personne ne savait ce qu'il serait. Son opinion sur lui-même était qu'il ne s'amusait pas assez pour un jeune homme. Il y avait cent à parier contre un qu'il finirait par être un Pair de France fort raisonnable, fort sérieux, fort soigneux, habitant sa belle terre de Cossey huit mois de l'année et assez triste les jours de pluie, et même souvent les jours de beau soleil. Il se disait en soupirant : « Je ne trouve pas à agir. Heureux les pauvres, heureux les riches qui veulent devenir barons ! »

Il avait déjà eu quelques maîtresses dans les salons, qu'il avait trouvées infiniment plus hypocrites, plus tracassières, plus tenaces quand on voulait les quitter, et plus insupportables après trois mois que ces pauvres petites filles de l'Opéra auxquelles il donnait à souper quelquefois. Comme il n'avait de principes arrêtés sur rien, il ne s'était pas dit encore bien résolument que ces petites filles valent infiniment mieux que les comédiennes qui jouent dans les salons et brodent en laine un tapis de pied pour leur amant. « Au moins, ajoutait-il avec un soupir profond, du temps de la madame d'Epinay de J.-J. Rousseau et de Grimm, ces comédiennes avaient de l'esprit amusant, et on trouvait autour d'elles des Diderot, des Rousseau, des Grimm, des Duclos, avec qui on pouvait parler, c'était amusant. »

Oui, l'amant de Mme de Chasteller.

On voit que sans s'en rendre compte en aucune façon, le duc aimait l'esprit. Il était encore à dix ou vingt années de l'expérience, de pouvoir se dire pourquoi il aimait l'esprit, et que, comme le courage au feu, c'est la seule denrée qui ne puisse pas être remplacée intégralement par l'hypocrisie.

M. l'abbé de Miossince rêvait à toutes ces qualités du jeune duc, de lui bien connues, en cherchant à s'en faire accoster. Il revenait souvent sur une chose qui l'étonnait, et lui faisait craindre de ne pas mener ce jeune homme aussi facilement qu'il l'eût voulu. Cette chose surprendra bien les jeunes gens dont le bonheur suprême consiste à monter au Bois de Boulogne un beau cheval de louage ou à recevoir une invitation pour le bal du , la plupart du temps Léon eût été plus heureux en arrivant dans un salon de s'entendre annoncer par le simple nom de Malin-La-Rivoire que son père avait illustré suffisamment que par celui de duc de Montenotte, [par le nom] que son père avait porté les trois quarts de sa glorieuse vie que par le titre pompeux dont après sa mort il avait hérité et qui semblait le forcer à avoir certaines opinions, et à s'offenser de certaines plaisanteries.

De plus, se disait l'abbé, il est féroce comme son père quand on le serre de trop près. Ce manque de civilisation devient bien incommode chez ces jeunes gens de race nouvelle que la politesse de Cour n'a pas encore eu le loisir d'assouplir.

Chapitre VII

Comme l'abbé se livrait à ce dernier regret bien désintéressé, il se montra un instant au duc au bout d'une allée, puis disparut. Léon qui ne tenait guère aux amis avec lesquels il [se] promenait, lança son cheval dans l'allée au fond de laquelle il avait vu disparaître l'abbé. Le duc était guidé par le plaisir de passer un quart d'heure avec un homme réellement différent de ceux qu'il quittait. « M. de Miossince mourrait plutôt que d'acquérir dix mille francs par l'intrigue, se disait Léon, et mes amis que je quitte ne parlent que d'argent, adorent l'argent, ne voient qu'un moyen de supériorité au monde : l'argent, et au fond sont disposés à faire bien des choses pour gagner dix mille francs. »

– Comment, Monsieur le duc, lui dit l'abbé qui avait ralenti son cheval en le voyant accourir, vous quittez des jeunes gens brillants pour un vieillard qui assez tristement fait de l'exercice pour sa santé.

– Ces jeunes gens sont mes amis et de plus on peut les compter, ce me semble, parmi ce qu'il y a de mieux à Paris, mais ils cherchent à être brillants. Au bout d'une heure, cet effort qu'on sent chez eux fatigue le spectateur, et la compagnie de M. de Miossince n'a jamais fatigué personne, et moi m'a souvent éclairé.

Ceci fut dit d'un ton mathématique et presque morose.

L'abbé avait pour principe de ne jamais diriger la conversation, c'était en répondant qu'il avait de l'esprit et arrivait à ses fins. Le jeune duc, comme un homme ennuyé, en un quart d'heure parla de tout au monde. Parmi ses autres propos se trouva celui-ci : « Le gouvernement devrait bien jeter quatre-vingt mille hommes en Espagne, cela assouplirait l'armée qui ressemble assez à une meute qui n'aime que le chasseur qui la fait courir. Tous les vieux officiers prendraient leur retraite, les sous-officiers arriveraient aux épaulettes et moi je tâcherais non pas d'imiter mon père, mais enfin je me donnerais le baptême de sang qui convient à mon nom, et ensuite peut-être je pourrais en conscience planter tout là.

– Rien de plus sage après Madame la duchesse, mais abandonner les affaires et le monde de son vivant ce serait lui donner le coup de la mort. Ce que je vous dis [n'est] nullement pour vous donner un conseil, Monsieur le duc. Dans ce cas j'irais passer six mois de l'année à Cossey avec madame la duchesse pour adoucir ce moment terrible.

– Vous êtes parfait, monsieur l'abbé, et c'est ce qui augmente ma mauvaise humeur contre moi-même. Si vous, qui ne devez rien à ma mère, vous faites le sacrifice de vous éloigner six mois de Paris et de la lutte contre l'impiété dans laquelle vous avez le bonheur d'être engagé avec passion, que ne dois-je pas faire, moi, fils aîné de cette femme excellente ? En vérité je me sens au-dessous de tous mes devoirs. Vous savez qu'avant-hier il était encore question d'un mariage. Croiriez-vous, monsieur, qu'il y a des jours où je serais tenté de passer le majorat et le titre à mon second frère et de me faire appeler tout simplement M. Malin-La-Rivoire, lieutenant d'artillerie. Je serais confondu dans la foule et ma mère porterait ses projets d'établissement sur mon frère.

– Deux erreurs capitales et dans la bouche d'un mathématicien encore ! O d'Alembert, ô [o] La Grange ! d'abord vous seriez un homme bien autrement extraordinaire et célèbre pour avoir quitté le duché, en supposant la chose faisable. À votre entrée dans un salon bien des gens de mon âge ne cherchent pas des yeux un jeune duc qu'annonce le valet de chambre, ils s'attendent tout simplement à une nuance plus ou moins marquée de simplicité et d'affectation noble. Mais je vous avoue que je regarderais, et très attentivement, un jeune homme qui aurait quitté un duché. Est-ce un républicain sincère, me dirais-je ? Est-ce un hypocrite du républicanisme, ce qui est plus probable ; serait-ce plutôt un hypocrite de simplicité ? Les suppositions n'en finiraient pas. Et le monde après avoir balancé un peu entre tant de suppositions finirait par quelque chose que je ne veux pas nommer.

Le 8 juin, à 5 heures la chaleur m'oblige for the first time à ôter le carrick bleu.

– Je le dirai, moi, Monsieur l'abbé, je ne suis pas douillet, le monde finirait par le mépris. Je me le suis dit, je serais en petit, en très petit, comme le fils méprisé et trois fois méprisable d'Olivier Cromwell, le pauvre Richard dont le nom me fait pitié.

– On pourrait aller en Amérique, ou faire un voyage de trois ans autour du monde.

– J'y ai pensé. Que deviendrais-je si au retour je trouvais ma mère morte de chagrin. Et le front du jeune duc se contracta vivement.

– Que voulez-vous, monsieur le duc, reprit l'abbé après un moment de silence, chacun de nous s'il est honnête homme a un fardeau à porter ici-bas. Et l'homme qui n'est pas honnête a un fardeau bien plus grand, bien plus poignant, celui d'une mauvaise conscience.

Il y eut un grand silence, l'abbé aurait voulu que le pas suivant du raisonnement fût fait par le jeune duc, et il estimait assez son esprit pour l'espérer un peu.

Mais, chose singulière et triste effet de la morosité du XIXe siècle, ce jeune homme, beau, riche, distingué déjà à son âge, et qui était entré le premier à l'École Polytechnique, au lieu de songer au remords n'occupait son esprit qu'à sentir et se détailler son malheur. Quelle différence avec son père, se disait l'abbé ! Mais aussi le père à son âge n'avait pas cette charmante tournure.

– Mais, dit tout à coup l'abbé comme frappé d'une idée imprévue, j'étais hier dans une maison dont vos raisonnements sur votre position me rappellent tout à coup le souvenir. J'aperçois une ressource. Puisque nous ne pouvons pas penser à autre chose, dans ce moment, autant vaut livrer bataille à la mélancolie. Madame la duchesse aime en vous un fils aimable…

–*Aimable*, c'est le mot, dit le duc avec un sourire amer.

–*Aimable* du moins à ses yeux et aux miens, et surtout digne d'être aimé. Mais madame la duchesse aime aussi beaucoup et trop peut-être la grandeur de sa maison. Elle regarde cette passion comme un reste de ce qu'elle doit à son mari. Mariez-vous à une fille fort riche, ayez un fils (ou plus d'un peut-être, c'est l'affaire d'un an ou dix-huit mois) et madame de Montenotte vous accordera sans chagrin la permission d'aller pour trois ans à cinq cents lieues de Paris. Au bout de trois ans, vous ne serez plus si jeune, vous serez oublié…

M. de Miossince eût pu parler longtemps, le duc le regardait avec des yeux très ouverts, et un sourire de bonheur, chose si rare chez lui, se dessinait presque à l'angle de sa bouche.

– Monsieur, je vous remercie du fond du cœur, vous avez bien voulu penser à ma situation et à la chose que je redoutais le plus au monde ; faire sortir ma renommée. Mais, Monsieur, cette jeune épouse qui adorera la simplicité et la solitude, comme elles disent toutes, elle m'épouse pour que je lui fasse mener une vie de duchesse. L'opera-buffa, les bals, la cour, s'il y a une cour, ou tout au moins une bouderie savante et les sermons de M. l'abbé Bon, et enfin sous un nom ou sous un autre, jour que je lui donne une vie brillante dans le plus brillant des mondes. Serai-je un fripon, monsieur l'abbé ? et la figure de Léon devint expressive et éloquente.

– Bon, se dit l'abbé, il va être indiscret et sincère.

– Serai-je un fripon ? Au lieu de cette vie de duchesse que cette jeune fille est en droit d'attendre de moi, ferai-je, comme lord Byron à sa femme, l'affront d'une vie singulière, obscure, sans laquais chamarrés et sans belles voitures bien vernissées ? Elle fera un éclat et me plantera là, sa mère criera comme une hyène dans la société que je suis un monstre. Mais non, elle et sa mère seront des anges de douceur et d'abnégation, elles m'accepteront comme un malheur nécessaire, inévitable ; mais moi, monsieur, que ne me dirai-je pas ? Si aujourd'hui je ne suis pas un exemple de gaieté folle, que serai-je marié, vexé par une femme qui voudra jouer à la duchesse, et avec un remords de plus si je fais comme lord Byron ?

– Je connais depuis huit jours une jeune fille, reprit l'abbé d'un sang-froid parfait qui faisait un beau contraste avec l'air passionné qui brillait dans les yeux de son jeune interlocuteur, je connais une jeune fille riche, mais dont l'unique passion est de paraître pauvre. Ses biens sont à quatre cents lieues de Paris, et un mari est toujours le maître de faire des réparations importantes aux biens de sa femme. Madame la duchesse sera la première à comprendre cette nécessité, elle qui place en réparations à votre terre les trois quarts de son revenu.

– Vous êtes miraculeux, dit le duc ébahi, mais tout ceci n'est-il point un apologue, une fiction ?

– C'est une idée qui vient de me venir tout à coup, reprit l'abbé avec innocence, en vous entendant dire cette chose si sensée, quelques phrases que l'on peut faire sur ses compagnons, la simplicité et notre niaiserie à la mode, – vous promettez avant tout à votre femme de lui donner le genre de vie qui dans deux ans sera à la mode pour les duchesses. Et où est l'astrologue qui peut prévoir la mode qui régnera dans deux ans ? Eh bien, cette jeune fille a des terres sur la Vistule. Entendez-vous ce mot ? Y eut-il jamais fleuve plus aimable ? Vous ferez si vous voulez une légende contre ce fleuve qui envahit votre château. Ce me semble tout simplement de l'idéal pour vous, mon cher duc. Le *drawback* c'est que je ne connais ces dames que depuis huit jours, que je ne sais rien de leurs projets, que peut-être la main de la jeune fille est promise, etc., etc. En un mot ce n'est rien de plus qu'une aventure à tenter, c'est une campagne à faire, c'est une bataille à donner. Je ne puis vous offrir qu'une idée, et une idée qui vient de m'apparaître toute crue il y a dix minutes.

Le duc rougit de bonheur à l'idée de campagne à faire, de but d'action à avoir. L'abbé s'arrêta pour voir ce bonheur s'établir, durer, donner conscience de soi au jeune homme. Puis il ajouta en pesant tous les mots : « Avoir une affaire essentiellement raisonnable à quatre cents lieues de Paris et au-delà de la Vistule, c'est en effet *avoir la liberté*. Il y a une condition assez singulière, il est vrai, mais dont je serai l'unique gardien, moi que vous estimez... »

– Je vous estime, il est vrai, monsieur, reprit le jeune duc presque attendri, et, je me permettrai de le dire, dans ce moment la reconnaissance la plus vive se joint à l'estime la plus sincère. Quel engagement faut-il prendre ?

– Celui de vous conduire toujours comme un bon et fidèle catholique romain.

– Ah j'entends ! interrompit le jeune duc, et toute l'animation de sa figure tomba, ses traits se flétrirent et en un clin d'œil l'apparence de l'ennui remplaça le regard de l'espérance. La jeune femme est une catholique exaltée, ce qu'on appelle un *ange de vertu*, ce sera comme Mme de Bérulle, je serais accablé *d'offices*, je me vois déjà logé vis-à-vis de Saint-Thomas d'Aquin.

– Et quand il serait vrai ? reprit l'abbé avec les regards de la haine. Le duc venait de le blesser profondément. Et quand il serait vrai ? Si la femme est parfaitement estimable ? Si à ce prix, à la naissance du premier fils, vous ac-qué-rez la-li-ber-té, dit-il en pesant étrangement sur les mots. Je dirai plus, ajouta l'abbé et son œil reprit toute la douceur, tout le velouté de la civilisation. Il avait des remords, son âme venait de se montrer, chose si rare chez lui. Cette femme qui vous donnerait la liberté est encore protestante et sa famille songe seulement à la convertir au catholicisme, en vous demandant : 1o de contribuer à cette conversion ; 2o comme je l'ai dit, de vous conduire en tout comme un bon et fidèle catholique romain.

– Ah, monsieur de Miossince ! s'écria le jeune homme en ce moment d'une pâleur mortelle, lui qui avait naturellement le teint animé d'une florissante santé de vingt ans. Il succombait sous son bonheur.

– L'unique condition, reprit l'abbé triomphant et appuyant sur chaque mot, serait une parole d'honneur donnée entre mes mains et ainsi conçue : « Tant que je tirerai quelque avantage direct ou indirect de mon mariage avec Mademoiselle M. je me conduirai en bon et fidèle catholique romain et jamais je ne me séparerai de Rome. »

– Eh ! que diable me fait Rome à moi ! s'écria le jeune homme avec impétuosité. Il tenait cette férocité de son père. L'abbé connaissait cette qualité de famille et n'en fut point chagrin. Il fallait un vice de sang pour faire oublier en ce moment au jeune duc la politesse parfaite dont l'abbé de Miossince lui donnait un si beau modèle. Mais le duc venait d'être sublimement heureux, depuis [plus] d'un an peut-être il n'avait pas trouvé un tel moment… Pardon, monsieur, dit-il tout à coup en rougissant et en approchant son cheval de celui de l'abbé, j'ai besoin que vous me donniez votre main. Je réponds par ma brusquerie à l'homme qui tente généreusement de m'ôter de dessus le cœur un poids qui m'étouffe. En vérité, monsieur, j'ai un bien maudit caractère, je retrouve en moi toute la rudesse qu'on reprochait, dit-on, à mon père et, lui, avait gagné des batailles. Vous devez connaître cette rudesse, vous avez souvent rendu service au père comme au fils. Me pardonnez-vous, monsieur ?

– Ce n'est rien, j'ai cru voir le général, reprit l'abbé de l'air le plus paterne, et la reconnaissance du jeune duc fut au comble. Il prit la main de l'abbé et la serra avec enthousiasme. L'abbé laissa ce sentiment s'établir pendant quelques secondes, puis il ajouta savamment : « Votre âme est belle, Léon, et votre père en serait content. Mais il s'agissait d'un engagement d'honneur. »

– Mais, monsieur, que puis-je faire pour la religion de Rome ?

– Mon jeune ami, dites la religion, sans rien ajouter, tel est son titre vénérable. Un jour vous serez Pair, un jour peut-être vous serez général, car il faudra tôt ou tard que la monarchie renonce à mettre le premier venu à la tête de la force qui, comme un baril de poudre, peut tout renverser dans l'état. Cet avenir probable à mes yeux se réalisera, vous pourrez à l'aide de la fortune qui suivrait ce mariage devenir grand propriétaire et acquérir dans quelque département une influence décisive sur une quantité de notaires, de médecins de campagne, de riches agriculteurs. Vous pourriez ainsi envoyer ou contribuer à envoyer à la Chambre des Députés des hommes favorables à la sainte cause de la civilisation visible, c'est-à-dire à la cause de Rome. Eh bien ! vous voyez maintenant l'étendue et la force de l'engagement que je vous propose.

– Je sais que vous avez autrefois dû lutter contre l'impiété.

– C'est en effet l'affaire unique de ma vie, mais il faut avant tout ne pas augmenter l'irritation des esprits et je vous demande de ne jamais parler de moi ni en bien ni en mal. Revenons à notre discours. Ce mariage est bien loin d'être une affaire faite, je ne dispose malheureusement de la volonté de la jeune personne, ni de celle de sa mère, ni de celle d'une cousine. C'est une idée qui n'a qu'une demi-heure d'existence. Il n'y a du reste que ces trois volontés à conquérir. Il n'y a pas de père, pas de frère, pas d'hommes dans la famille.

– Avantage immense, dit Léon (il se faisait ainsi appeler : il trouvait qu'il y avait blasphème à mêler à toutes les petites circonstances de la vie le grand nom de Napoléon qui était le sien, l'empereur ayant été son parrain.) Avantage immense, monsieur ; il n'y aura personne pour me faire rougir par des actions utiles, peut-être même basses.

– Eh bien, dit l'abbé, la réponse demain ici. Pas un mot à qui que ce soit. Je ne suis point maître de l'affaire, vous serez même étonné du peu d'influence que j'aurai à vous offrir. C'est une simple possibilité qui par un hasard incroyable est venue traverser mon esprit. Mais aussi je ne vous demande la parole d'honneur dont nous avons parlé que dans le cas où cette idée hasardée peut-être conduirait à quelque chose.

– Succès ou non, monsieur, dit Léon d'un air fort sérieux, je vous aurai, ce me semble, une obligation du premier ordre. À demain ici, à six heures.

– Convenu et silence absolu même avec madame la duchesse.

– Quoi ! vous ne lui avez rien dit, dit Léon, étonné et charmé.

– Ni ne lui dirai rien avant votre réponse. C'est une idée imprévue, souvenez-vous-en.

– Ah monsieur l'abbé, que ne vous dois-je pas, dit Léon avec sentiment !

« Voici mon petit jeune homme assez bien préparé, se dit l'abbé… J'ai reconnu la *fureur* de Malin-La-Rivoire, comme nous disions, mais au lieu d'aller rêver ou je ne sais quoi faire d'inutile, il serait parti au galop pour agir à tort et à travers, chercher à louer un appartement dans la maison de la demoiselle, en un mot agir. Cette génération est, on dirait, d'une autre race !

Mais plût à Dieu, ajouta l'abbé, sa pensée revenant à son affaire, que je fusse aussi avancé aux yeux de la petite demoiselle... Réellement je la connais beaucoup moins que Léon... Oh ! Léon est à moi, je lui ai donné tout un moment de bonheur qu'il n'oubliera de longtemps... Mais quelle horreur subite et sincère chez cette génération d'impies pour un appartement à côté de Saint-Thomas d'Aquin ! Ah ! ajouta l'abbé avec un soupir, il y a beaucoup à faire ! »

Chapitre VIII

Le jeune duc tourna rapidement son cheval et alla au grand galop rejoindre son *groom* qui suivait à cinq cents pas. Il lui remit un mot pour sa mère, annonçant qu'il dînait à la campagne. Délivré de cet homme le duc reprit le galop et poussa son cheval comme un fou. Avant de se livrer au bonheur délicieux de réfléchir sur l'idée de l'abbé, il voulait être bien sûr de n'être pas interrompu par aucun importun. Malheureusement il avait beaucoup d'amis.

Enfin il arrêta son cheval au bourg de Jouy par-delà Meudon. Là il plaça son cheval dans une bonne écurie et enfin alla se promener à pied dans les bois après avoir caché sa croix, et fort résolu à ne reconnaître personne si quelqu'un l'abordait.

« Quoi, je pourrais voyager, s'écria-t-il enfin avec un gros soupir dès qu'il se vit dans une allée bien sombre, voyager sans manquer à ce que je dois à ma mère ! Je pourrais être fixé avant *un an* ! Loin de Paris !... *Faire ce qui me plaira*, répétait-il à haute voix en se promenant dans les bois. Je pourrais être un an, deux ans, trois ans, absent de Paris ! Et tout cela sous l'unique obligation de me conduire en bon et fidèle catholique ! Et que le diable emporte les catholiques ! Et que m'importe à moi ! Je suis Pair, mais je n'ai point voix délibérative, peut-être ne l'aurai-je jamais ! D'ailleurs je constaterai bien clairement mon droit de voyager pendant dix ans, que dis-je dix ans, pendant toute ma vie s'il me plaît ! Au fait, si ma mère est heureuse, qu'ai-je à ménager dans le monde ? D'ailleurs cet abbé est d'une finesse profonde, il aime en moi le fils de l'homme qui a voulu le faire évêque, il ne dit que des choses qu'il sait être possibles et ne pas offenser le bonheur de ma mère ! »

À cette idée le duc sauta de joie pour la première fois de sa vie, et il avait vingt-deux ans. Léon était trop heureux pour ne pas fuir la société, le soir il alla se cacher aux quatrièmes loges du théâtre italien, à l'amphithéâtre. Là, pendant toute la soirée, la musique lui fit faire des châteaux en Espagne infinis sur le bonheur annoncé par l'abbé. Il allait donc agir, avoir un but d'action dans la vie, mais il ne s'expliquait pas aussi clairement sa position. Malgré ses mathématiques c'était un homme qui sentait plus qu'il ne réfléchissait. Il n'était pas du tout philosophe.

Mais puisque la mère de Léon, la duchesse douairière de Montenotte, doit jouer un rôle dans la vie de son fils, il vaut autant dire ce qu'elle était.

Quinze jours avant la promenade de l'abbé de Miossince au Bois de Boulogne, madame la duchesse de Montenotte se trouvait avec la comtesse Dalvel son amie dans un salon où se trouvait également la duchesse de Rufec. La comtesse Dalvel, femme d'infiniment d'esprit, faisait la joie de ce salon assez sérieux ; un mauvais calcul y avait réuni tous les beaux jeunes gens de la Cour du Premier Consul en 1800, maintenant en 1837 d'assez tristes vieillards.

Autrefois à la Cour de l'Empereur, cour de parvenus, et où le maître voulait marquer les rangs d'une façon incompatible avec la gaieté et presque même avec l'esprit, Mme Dalvel, femme d'un simple lieutenant général, n'eût eu garde de parler avec familiarité à la femme d'un maréchal comme était la duchesse de Montenotte.

Maintenant la comtesse Dalvel avait eu l'esprit de se faire dévote célèbre, le maréchal était mort depuis longtemps, les rangs s'étaient rapprochés.

– Quoi, dit la duchesse de Montenotte à la comtesse Dalvel, vous osez parler ainsi… familièrement, à une duchesse *véritable* ?

– Ah ! ma chère maréchale, répondit en riant la comtesse, nous ne sommes plus aux Tuileries avec l'Empereur. La duchesse *véritable* ne songe qu'à s'amuser et à plaire, et si elle avait d'autres prétentions sur moi, je ne lui adresserais pas la parole deux fois dans toute la saison.

La duchesse de Montenotte resta stupéfaite, et n'a peut-être pas encore digéré ce mot de Madame Dalvel.

Voilà quelle était la mère à laquelle le jeune duc voulait plaire et qu'il aimait comme le seul devoir qu'il eût sur la terre. Le père de la duchesse avait été marchand de bois à Clamecy. C'était là son grand chagrin. Du reste, à sa faiblesse près pour son titre, elle avait du bon sens, de l'esprit même dans les grandes circonstances. Elle aimait beaucoup ses fils et passionnément Léon, le fils aîné, qui réellement était le moins aimable et le plus triste de tous, mais il était duc, et pour parler comme madame de Montenotte qui revenait d'Angleterre où elle était allée étudier les vrais airs de duchesse, il était le *second duc* de Montenotte.

En cette qualité, quoiqu'il fût riche, sa mère, qui l'était davantage et qui passait pour s'être emparée d'un portefeuille énorme à la mort du duc, lui envoyait tous les premiers jours de l'an un petit album magnifiquement relié avec les armes de la famille frappées avec des fers froids sur les deux côtés de la couverture et contenant en guise de dessins vingt-cinq billets de mille francs. Ce cadeau périodique qui pendant deux mois faisait l'entretien de tous les petits marchands de la rue, ne faisait pas un extrême plaisir au *second duc* de Montenotte, mais en revanche mettait en fureur les frères cadets, la plupart criblés de dettes.

Le lendemain à cinq heures Léon était au Bois de Boulogne. Depuis son entrée à l'École Polytechnique il n'avait peut-être pas trouvé, sur la triste route de la vie telle que nos prétentions ou nos mœurs l'ont faite pour un jeune duc, vingt-quatre heures comparables à celles qui venaient de s'écouler. Toutes ses idées avaient été nouvelles, aucune ne lui avait inspiré le dégoût et la satiété.

L'abbé parut, le duc lui adressa quelques phrases d'une politesse un peu étudiée, puis ajouta en s'écoutant parler :

— On dit que le feu duc de Montmorency, mort en odeur de sainteté, un vendredi saint à Saint-Thomas d'Aquin ou à Saint-Valéry, était un galant homme et même ne manquait point d'esprit. On ajoute et je suis bien loin, monsieur, de vous demander aucun éclaircissement à cet égard, que lors de la discussion de la loi du sacrilège à la Chambre des Pairs, le respectable duc montait en voiture dès sept heures du matin et allait solliciter chez ses nobles collègues le poing coupé. Il voulait obtenir qu'on coupât le poing sur l'échafaud aux condamnés pour sacrilège avant de les exécuter à mort ; la loi devait être amendée ainsi…

Les yeux de l'abbé ordinairement immobiles et parfaitement prudents prirent une expression singulière.

— Je ne vous demande aucune explication sur cette anecdote, reprit le duc avec une sorte de vivacité, peu m'importe qu'elle soit vraie ou fausse, je ne l'emploie que comme exemple et pour dire clairement que je ne ferai jamais une telle chose. À cela près je donnerai la parole d'honneur dont vous avez bien voulu me parler hier.

L'abbé était pâle et ne répondit point. D'abord son ambition faisait terriblement pâlir l'amour-propre d'un des hommes les plus irascibles de France et qui avait le plus d'esprit quand il était en colère. Tout à coup il eut peur que ce silence ne vînt donner un poids étrange dans l'esprit du jeune duc à l'objection qu'il venait d'énoncer.

— Il me serait facile de vous expliquer, mon cher duc, la discussion célèbre à laquelle vous faites allusion, et alors tout changerait d'aspect à vos yeux, etc., etc.

Le duc remarqua que l'abbé, d'ordinaire si impassible, parlait avec beaucoup plus d'accent et d'énergie que d'habitude, mais comme il désirait essayer ce mariage, il se garda bien d'envenimer la discussion. L'abbé, tout en disant qu'il ne voulait point revenir sur la discussion du poing coupé, lui apprit qu'il y avait un engagement du roi Louis XVIII de faire toujours grâce de cette partie de la peine qui ne devenait donc dans la loi qu'une simple menace comminatoire destinée à effrayer les voleurs des vases sacrés et par là à prévenir nombre de crimes. « Il faut savoir, ajouta-t-il, et c'est ce que les impies se gardent bien de dire, que l'excellent duc de Montmorency était porteur de l'engagement par écrit de Louis XVIII de faire toujours grâce. »

L'abbé, voyant que le jeune duc avait la prudence de ne pas insister, se hasarda à dire qu'il n'y avait de la Restauration que des histoires écrites par l'esprit de parti éhonté et que sans doute le duc avait lu une de ces histoires.

Ce mot fit plaisir au duc et par son absurdité évidente facilita beaucoup la négociation ; le jeune duc venait d'être fort heureux, pour la première fois de sa vie il sentit un peu de supériorité sur l'abbé, et résolut bien de ne pas être exigeant dans le reste de la négociation. Peut-être bien qu'après tout, se disait-il, il est d'accord avec ma mère quoi qu'il m'ait donné sa parole d'honneur du contraire. » « Après tout on n'est pas prêtre pour rien », termina la justification bénigne du poing coupé.

Après ce moment scabreux qui engagea l'abbé à parler seul un gros quart d'heure, la négociation marcha comme sur des roulettes. Le duc donna la parole d'honneur demandée la veille et en ajoutant ces seuls mots : *en choses faisables*, après l'engagement de se conduire en bon et véritable catholique. L'abbé ajouta que pour l'exécution de cette parole le duc ne serait jamais en rapport qu'avec une seule personne : après l'éloignement ou la mort de lui, abbé de Miossince, le duc aurait à faire à une seconde personne désignée par l'abbé.

Le cœur de Léon battait un peu, il attendait le nom de la personne à épouser. Il frémissait à l'idée de la fille d'un hobereau de province croyant s'amoindrir en s'alliant au fils d'un jeune avocat devenu duc et maréchal. Le duc fut bien étonné et bien charmé quand, après la parole donnée, M. de Miossince lui nomma *Mina Wanghen*, une fille protestante, la fille d'un banquier étranger. Léon s'attendait à quelque famille de robe, je ne sais pourquoi il s'était figuré avec l'absurdité complète d'un jeune homme ombrageux que cette famille serait de Toulouse et aurait marqué dans le procès des Calas. Il était jeune et transporté de bonheur, il eut la faiblesse d'exprimer cette idée et l'abbé lui prouva que Calas avait été justement condamné.

– Vous voyez, lui dit l'abbé, que l'idée de cette affaire m'est venue hier impromptu comme vous parliez du désir de voyager. Je ne suis chargé de rien par ces dames, à peine si je les connais. Notre connaissance n'est basée que sur le vif désir que j'ai de les ramener au giron de l'Église ainsi que j'ai eu le bonheur de ramener la famille du banquier Isaac Wentig, maintenant baron de Vintimille. Vous sentez que cette conversion de la jeune Mina est mon premier devoir et mon premier mobile dans toute cette affaire, et que votre future influence sur la jeune duchesse sera un de mes grands moyens.

Comme Léon devenait fort sérieux à l'énoncé de cette condition, M. de Miossince lui rappela fort à propos que les terres de la future duchesse étaient situées dans les environs de Kœnigsberg, qu'il y aurait probablement des ventes considérables à exécuter, que ces ventes exigeraient sa présence dans ces pays-là...

– Et ma mère qui est la raison même approuverait mon absence... Maintenant, mon cher bienfaiteur, ajouta le jeune duc avec la physionomie de la gaieté, on peut nous objecter que nous vendons la peau de l'ours.

– À quoi je répondrai, reprit l'abbé souriant aussi, que tout l'enjeu que nous avons mis dans cette affaire se réduit à deux promenades au Bois de Boulogne fort agréables, pour moi du moins, qui me figure que si Malin-La-Rivoire nous voit, il est content de son ancien ami. Maintenant si le duc était avec nous il nous dirait, je crois l'entendre : *Assez parlé comme cela, maintenant aux moyens d'exécution.* Mon jeune ami, allez-vous à l'ambassade d'Angleterre ?

– Oui, fort rarement.

– Eh bien, allez-y tous les lundis. Probablement les dames Wanghen y seront, si ce n'est ce premier lundi, ce sera l'autre. Quoique ma place ne soit pas trop dans ces lieux-là, je *ferai le sacrifice* d'y paraître.

Ce mot fut dit pour raccommoder la dissertation un peu longue sur le poing coupé et la reprise sur les Calas que l'abbé commençait à trouver maladroite, le silence de Léon lui était suspect, il ne s'était pas assez souvenu que Léon avait eu un fort bon maître d'histoire moderne.

– Vous reconnaîtrez parfaitement Mademoiselle Wanghen, continua l'abbé, elle est grande et fort bien faite. Elle a la figure ronde et les cheveux châtains, cette figure a une expression remarquable de naïveté et de bonté ! Mais si l'on dit un mot qui excite son imagination, à l'instant tout cela est remplacé par un air d'esprit et même de malice. Sans être précisément jolie cette figure est pleine d'agrément.

– Et le caractère, monsieur l'abbé ?

– Très romanesque, romanesque à l'allemande, c'est-à-dire au suprême degré, négligeant tout à fait la réalité pour courir après des chimères de perfection : mais enfin vous n'êtes pas comme un petit marchand dont la femme doit tenir le comptoir. Que vous fait que votre femme extravague un peu, pourvu qu'elle ne soit pas ennuyeuse ? Je n'ai vu mademoiselle Wanghen que vingt fois peut-être, mais je serai bien surpris si elle ennuie l'homme qui cherchera à lui plaire.

– Madame Wanghen ?

– Elle a presque l'air de la sœur aînée de sa fille, elle a la taille un peu forte et les plus belles couleurs. Elle a de grands yeux noirs beaucoup plus beaux que ceux de sa fille qui s'appelle Mina. Madame Wanghen pourrait encore être appelée une jolie femme, mais elle a des dents un peu en désordre. Une jeune femme qui a plus d'usage du grand monde que Madame Wanghen sera peut-être avec elle, c'est une cousine, une Madame de Strombek, veuve ruinée d'un seigneur de la cour de Berlin. Elle est un peu trop marquée de la petite vérole, mais jeune encore, assez jolie et piquante. Ces dames, malgré la différence de position, ont entre elles le ton de trois sœurs, on devinerait difficilement à voir les deux plus jeunes que l'une a sept millions et l'autre peut-être pas sept cents francs de rente.

– Ceci fait leur éloge.

– Ce qui est plus positif, reprit l'abbé, c'est que des lettres de Kœnigsberg, écrites par des personnes dont je réponds, portent la fortune de mademoiselle Mina Wanghen à sept millions de francs au moins dont quatre millions en fonds de terre, et le reste dans une banque fort prudente et fort accréditée, et de laquelle en moins d'une année on pourrait retirer tout cet argent-là. La mère a la jouissance seulement de deux millions. Ainsi, mon cher Léon, soyez constant aux soirées d'Angleterre. Je pourrais fort bien vous mener chez le baron de Vintimille, mais il y a là deux grandes demoiselles et, qui plus est, une mère bourgeoise en diable et ne rêvant que de maris pour ses filles. Elle ne manquerait pas de rêver sur le champ au titre de duchesse.

– Ces mères et ces filles-là sont ma bête noire, s'écria Léon, je les trouve odieuses.

– Quand vous serez en Angleterre tâchez de danser avec mademoiselle Wanghen. Si j'y suis je tirerai parti des circonstances pour vous présenter à ces dames le plus simplement que je pourrai. En ce cas une demi-heure après la présentation vous disparaîtriez. Ces femmes-là, je vous en avertis, monsieur le jeune homme, ne se laissent point prendre à vos propos français. Elles aiment Paris, mais n'admirent point à l'aveugle tout ce qui s'y fait. Je vous avertis que vous les trouverez fort clairvoyantes. Et avec cela quelquefois elles disent des naïvetés et font des questions à mourir de rire.

– Pourvu que leurs ridicules ne ressemblent pas à ceux de la province en France et aux façons des mères parisiennes qui racontent à propos de bottes des anecdotes sans intérêt pour faire briller leurs filles, je leur pardonne.

– Vous trouverez, bourdonnant autour de ces dames, un général diplomate, M. de Landek, et une quantité de seigneurs allemands ruinés qui, je pense, ont été avertis par leurs correspondants de la dot de sept millions. Et si nous ne réussissons pas, mon cher duc, votre fortune n'est pas tellement inférieure, quoique moins considérable [elle] ne fait pas disparate avec les sept millions de Kœnigsberg, ces dames pourraient difficilement trouver mieux que vous en France. Ce n'est point le vil désir des millions qui vous engage à agir. Et enfin ne disons mot de ceci à personne, je ne vois pas ce que nous pourrons perdre si le hasard nous refuse le succès.

Chapitre IX

En quittant l'abbé le jeune duc était amoureux de Kœnigsberg. Il courut tous les libraires pour trouver un voyage en Prusse, qu'il n'y trouva point, et enfin, ce soir-là, fut obligé de se contenter de l'article d'un dictionnaire de géographie. Il monta à son cercle et s'établit devant la carte de Prusse.

De toute la soirée il ne dit mot, et de tout ce qu'on lui dit un seul mot l'intéressa :

— Votre père, mon cher duc, lui dit un général membre du cercle en le trouvant placé devant cette carte de Prusse, fit une charge superbe à la bataille de Heilsberg dans cet angle formé par la et pendant huit jours l'Empereur ne parla que de lui.

« J'irai voir ce champ de bataille, se dit Léon, si notre affaire si romanesque jusqu'ici vient à bien et, si je vends une terre, ce sera pour en acheter une autre sur ce champ de bataille de Heilsberg. J'y ferai bâtir une tour de deux cents pieds de haut, sans inscription, le gouverneur du pays ne le souffrirait pas. Mais je dirai le fin mot à ma mère et elle sera charmée.

Le jour du bal de M. l'Ambassadeur d'Angleterre, Mina Wanghen fut sans cesse entourée de huit ou dix de ses compatriotes, tous disant du mal de la France, tous parlant en allemand à l'envi, tous parlant sensibilité profonde et sentiments intimes. Plusieurs atteignaient à ce degré extrême du ridicule de faire des allusions assez claires à de grandes peines qu'ils auraient éprouvées.

— Ces messieurs, dit Mina à sa mère, n'ont même pas appris que la sensibilité a sa pudeur.

— Tout homme qui raconte son amour, dit madame de Strombek, par cela même prouve qu'il ne sent pas l'amour et n'est mû que par la vanité.

— N'est-il pas singulier, dit madame Wanghen, que nous parlions français entre nous ? Serait-ce aussi de la vanité ?

— Non, dit Mina, c'est le dégoût de l'allemand et de la sensibilité brûlante de ces messieurs.

— Ingrate ! dit madame de Strombek, c'est cependant pour vous que tous ces dandys, qui au fond aiment Paris puisqu'ils font des dettes usuraires en Prusse pour y passer six mois de l'année, se sont mis ce soir à vanter *la patrie allemande*.

— En ce cas, dit Mina, c'est celui qui a été le plus ridicule et le plus emphatique qui m'aime le mieux, et c'est celui-là que je choisirai pour danser avec lui. Le comte de Rechberg n'est-il pas le plus désireux, le plus emphatique, le plus ennuyeux, Strombek ?

– Sans doute.

– Eh bien, je vais lui dire que la chaleur excessive de la salle a cessé de me faire mal à la tête.

Un instant après Mina figurait à une contredanse avec le beau comte de Rechberg. Il était grand, fort bien fait, fort bien mis, mais, suivant Mina, il avait quelque chose de grossier dans le contour de la bouche et dans la démarche. « Il devrait être capitaine de grenadiers, disait-elle à sa mère à quelques pas de qui elle dansait, et solliciter un coup de sabre au front, peut-être alors il serait mieux. »

En dansant avec le comte Mina remarqua M. de Miossince, elle eut de la joie : « Voilà enfin un homme de bon sens, pensa-t-elle, qui nous dira quelque chose de vrai, de réel, de non exagéré. Et d'ailleurs j'ai deux ou trois questions à lui adresser. Voilà cependant un abbé au bal, on disait que les prêtres français n'y paraissent jamais. C'est que celui-ci est un homme de sens qui n'a d'exagération pour rien ». Un instant après, en cherchant des yeux M. de Miossince, elle le vit donnant le bras à un jeune homme qui avait une cravate noire fort peu haute et de beaux cheveux coupés simplement. « Serait-ce un allemand », pensa-t-elle. Plus tard elle vit danser ce jeune homme, il ne faisait point de sauts, ses mouvements n'étaient point exagérés. « Ce n'est pas un allemand », dit-elle.

Mina dansa beaucoup. Une heure après, faisant un tour dans la salle avec sa mère, Mina rencontra M. de Miossince qui parlait encore au jeune homme aux cheveux singuliers. M. de Miossince aborda ces dames, et, comme son jeune homme restait isolé et silencieux, il eut l'idée subite de présenter à ces dames *monsieur de Montenotte*. L'abbé eut le bon goût de ne faire aucune mention du titre.

« Après tout ce n'est pas un français, pensa Mina, le nom est italien. »

Le nouveau présenté l'engagea à danser et en dansant parla assez, contre son habitude ordinaire. Il raconta que M. de Miossince avait été l'ami intime de son père.

En dansant Mina rencontra les demoiselles de Vintimille qui depuis quelques jours seulement avaient l'honneur d'être engagées aux bals d'Angleterre. Mina trouva que ces demoiselles la regardaient d'un air singulier. À peine fut-elle de retour auprès de sa mère que parurent les demoiselles de Vintimille guidées par la leur.

– Eh ! ma chère, dirent ces demoiselles en parlant à la fois, comment se fait-il que vous connaissiez le duc de Montenotte ?

– Je ne connais aucun duc.

– Quelle affectation, reprit l'aînée des demoiselles de Vintimille, mais ce jeune homme avec lequel vous dansiez et qui vous parlait beaucoup, c'est le jeune duc de Montenotte, le fils aîné du maréchal Malin-de-la-Rivoire, ce fameux général si ami de l'Empereur.

« Il a l'air bien glacial, pensa Mina, pour le fils d'un guerrier si célèbre, je ne croyais pas que les français eussent l'air si froid, il a l'air glacé et raisonnable de ceux des commis que mon père avait coutume de nous vanter comme de bonnes têtes. »

Les dames de Vintimille continuaient à parler beaucoup et les mots *duc*, *duchesse*, *duché*, revenaient à chaque moment. Enfin elles se levèrent et continuèrent leur tour de bal.

– Nous voilà informées à un millier de francs près, dit Mme de Strombek, de la fortune de ce jeune duc, de ce qu'il a actuellement, de ce qu'il aura après la mort de la duchesse sa mère qui n'a guère que cinquante-cinq ans, et qui d'ailleurs n'est que la fille d'un riche marchand de bois de Clamecy. Dieu ! quelles petites gens que ces baronnes de Vintimille !

– C'est exactement, dit Mina, une conversation de femme de chambre.

– Mais pourquoi M. de Miossince, en nous présentant ce jeune homme, n'a-t-il pas fait mention de son titre ?

– Grand Dieu ! serait-ce encore un épouseur, dit Mina !

– Il me semble que dans ce cas on exagère les titres au lieu de les dissimuler, dit Mme de Strombek. Voyez plutôt tous ces comtes allemands, chacun d'eux fait expliquer par quelque ami officieux l'antique origine de son titre.

– Notre excellent ami, M. de Miossince, m'a l'air d'un homme excessivement fin, dit Mme Wanghen. Je ne connais pas encore assez les usages français pour savoir si l'omission du titre de ce jeune homme est une affectation. Mais si c'est une affectation elle a certainement un pourquoi fort savant.

– Dans tous les cas, pour faire la folie de me donner un maître avant vingt ans, il faudrait que je fusse enthousiasmée du mérite de ce maître futur et je ne sens rien de pareil pour ce beau jeune homme. Il ressemble au jeune Buhl, dit-elle à sa mère (c'était un sous-caissier favori de son père).

– Ah ! ma chère, tu es injuste. Buhl a l'air d'un lourdaud et celui-ci a l'air tout au plus d'un être que rien n'anime. Au reste il reparaîtra, se laissera revoir, je pense, avant la fin du bal.

C'est ce qui n'arriva pas, le duc était sorti à l'instant où il eut fini de danser avec Mina. Il était fort pensif. « On dit que la première impression est toujours la plus sûre, se disait-il. Eh bien, cette belle demoiselle [de-demoiselle] sera une femme impérieuse. » Il éclata de rire tout à coup, se moquant de soi-même. « Et la terre que j'achèterai à Heilsberg et la tour… »

Le duc n'acheva pas aussi distinctement le reste de sa pensée par respect pour sa mère, mais cette pensée ou plutôt ce sentiment était : « Et j'ai assez de la société des femmes impérieuses. »

Le fait est que la supériorité d'esprit de Mina réunie à sa parfaite indifférence pour toutes choses donnaient à toutes ses déterminations une extrême décision, ce qui lui donnait souvent l'apparence, les gestes et le regard d'une princesse accoutumée à être comprise et obéie en un clin d'œil. Toutes les choses vulgaires de la vie étaient indifférentes pour cette âme élevée et à laquelle jusqu'ici rien n'avait donné d'émotion profonde.

À vrai dire, ni elle ni personne ne savait ce qu'elle pourrait être un jour si enfin elle arrivait à désirer ou à craindre quelque chose. Jusqu'ici son âme ne daignait pas s'occuper des évènements communs de la journée. (Elle suivait toujours et sans discussion ce qui lui semblait juste.) Par habitude déférente, tendre amitié, elle en laissait la direction à sa mère ou même à sa cousine de Strombek. Cette âme élevée ne prenait point ombrage de l'autorité de sa mère.

– Un jour, oui, je serai esclave et ce sera quand j'aurai choisi un mari. Combien il est cruel pour moi d'avoir perdu mon père, cet homme si sage. D'abord j'aurais été moins riche, en second lieu son autorité eût servi de contrepoids à celle d'un mari. Quelle ne sera pas l'influence de celui-ci sur deux femmes faibles et dont probablement l'une l'aimera d'amour !

Jusqu'ici, excepté la mort de son père et son amitié passionnée pour sa mère, son âme n'avait réellement senti, éprouvé de sensation profonde, que par suite des évènements que lui figurait son imagination.

Plan

Amour

Avec les ménagements féminins convenables, Mina dit au duc :

– Tenez, qu'il ne soit jamais question d'amour ni de mariage entre nous et je me sens disposée à être votre amie.

Le duc trouva cela piquant ; en venant souvent chez Mina il cessera d'être persécuté par sa mère (qui songe beaucoup aux sept millions de Mina). (Dans la scène avec l'abbé : « Voilà quatre mariages que ma mère manque, j'en suis excédé, s'il faut parler net. »)

Il vient chez Mina. Elle lui dit :

– Vous gardez trop le silence dès qu'il y a quatre personnes dans le salon. Parlez...

Elle pique Léon en lui disant : « Les momies d'Égypte ont une enveloppe de bois de figuier épaisse de deux pouces. Tel est le duché pour vous, et peu à peu l'enveloppe s'est unie à la chair et votre cœur commence à être *lignifié*.

Le duc se met à parler, d'abord mal, puis bien, puis très bien... Se trouvant élevé hors de son horizon de duc, son œil charmé découvre un horizon immense, gai, nouveau. Sa joie. Il devient un autre être.

– Vous avez fait ma métamorphose, dit-il à Mina.

Il l'aime.

Elle l'aime.

Mina devient triste, une aventure de la société la porte à penser : « Ceci tend à me séduire, qui sait s'il m'aime. »

Malheureusement Léon avec sa nouvelle éloquence cita un jour ce vers :

Si vis amari, ama.

Ce vers acheva Mina.

[Alors elle imagine de donner à Léon un écritoire de bronze, mais elle place dans un double fond le verso d'une lettre de Léon à elle-même où elle écrit : « Excusez mon mensonge, je vais vous dire une odieuse fausseté, mais ce terrible spectre de mon imagination : être épousée pour les millions, me poursuit... J'ai eu un enfant... » Puis elle lui fait enfouir cet écritoire au fond d'une muraille.]

Alors Mina lui fait l'aveu d'avoir fait un enfant.

Combat dans le cœur de Léon, il lui déclare qu'il l'épousera malgré cela. Désespoir de Mina : elle s'est promis de se brouiller s'il ne la refuse pas.

Elle renonce à la promesse qu'elle s'est faite, elle veut être avec Léon comme à l'ordinaire. Tout est empoisonné. Dans une boutade le caractère ferme de Mina l'emporte sur l'amour. Elle donne son congé à Léon qu'elle adore.

Il le prend par pique d'amour-propre et consent à effectuer un cinquième mariage que la duchesse sa mère avait arrangé. (Arranger les choses suivantes fémininement et suivant les convenances.) Mina revoit Léon. Lui ne peut vivre sans elle, il meurt d'ennui. Il a repris tout son ancien caractère auprès de sa femme. Il voit Mina en cachette. Elle a une consolation bien douce au milieu de ses chagrins, elle est bien sûre maintenant de n'être pas épousée *pour les millions*.

– Comment avez-vous pu vouloir épouser une fille qui avait manqué à ses devoirs ?

– Plût à Dieu, qu'elle fût ma femme ! Moi qui juge si mal moi et les autres, j'avais pourtant deviné ceci : même avec ce grand défaut, la mère de cet enfant était pourtant encore la seule femme existante au monde.

– Eh bien, lui dit Mina ivre de bonheur, cherchez l'écritoire que je vous ai donné il y a trois mois, vous y remarquerez un double fond. Dans ce double fond une de vos lettres à moi et enfin sur le blanc de cette lettre quelque chose d'écrit.

[À l'instant le duc va déterrer son encrier et revient ivre de bonheur dans la rue solitaire de Mina.]

Mina se donne à lui. La chose éclate dans le monde, c'est-à-dire est fort soupçonnée. La baronne de Vintimille veut faire une scène, une insulte à Mina, insulte fort contenue, mais fort significative.

M. de Miossince l'apprend à Mina, il n'y a qu'un remède. Elle abjure.

Que devient Mme Wanghen ?

Une fois tombé dans le crime, il n'y a plus de retenue. Ou plutôt le malheur est si grand pour une âme pure qu'il faut un nouveau crime.

Elle paye tout ce qui entoure la nouvelle duchesse de Montenotte qui a déjà donné un fils à son mari.

Ce qui suit est-il horrible ?

Enfin la duchesse cruellement négligée par son mari prend un amant. Elle va aux eaux d'Aix (en Savoie) pour avoir un peu plus de liberté. Madame et mademoiselle Wanghen y vont aussi. Le duc va en Suisse mais il meurt d'ennui, il vient passer trois jours à Aix. Mina paye l'amant de la duchesse, un fat vaniteux et ruiné. *Il se laisse voir sortant de chez la duchesse à minuit*, par une galerie sur le jardin. (Comme aux Échelles.)

Mina a amené le duc sur la digue de Guiers. Il veut faire une scène à l'amant. « *Quoi, déshonorer votre femme* ! lui dit Mina. Quelle sottise ! Promettez-moi de ne rien faire avant trois mois. J'espère qu'alors vous aurez assez de raison pour dire comme le duc de Richelieu : Eh, madame, si ç'avait été un autre ! »

Le duc y consent, quoi après ? (Alors continuer le plan. Faire en voyage les chapitres avec exemples de l'idée de 1798.)

Plan de la fin. 23 Mai. M. Fior.

M. de Saint-Maurice, bel homme du monde de 40 ans, était depuis longtemps l'amant de Mad. Fauchet. Il sait que M. Fauchet désire se défaire de sa femme, il va lui offrir de lui livrer pour 20 000 francs toutes les lettres d'amour que cette malheureuse femme lui a écrites. Ce qui fut fait, et M. Fauchet, l'ancien préfet de Florence, put se défaire de sa femme.

Mina peut offrir cent mille francs au fat ruiné (sans aucun mérite que de bien mettre sa cravate) qui a pris Mme la duchesse de Montenotte pour qu'il se laisse surprendre dans les bras de la duchesse. La duchesse, bonne femme, le défend et demande grâce pour lui à son mari.

… Dans la fausse confidence, Mina dit au duc que son maître à danser lui a fait un enfant et qu'elle adore cet enfant qui est en nourrice à Diepholtz.

F. propose

1o que la fortune de Mina soit comme celle de M. de L… 1o en portefeuille : 5 millions 2o en vaisseaux : 2 1/2 millions.

P. Wanghen n'assurait pas ses vaisseaux, ou les assurait à soi-même. Mina dit au jeune duc qu'elle est ruinée en grande partie, des tempêtes ont fait périr ses vaisseaux, des banqueroutes ont beaucoup réduit son portefeuille, enfin certains états (l'Espagne par exemple) ne paient pas ses rentes. Le duc la croit quelque temps et dit : Je n'en aurai que plus de plaisir à vous épouser. Puis Mad. de Strombek par instinct de bavardage dit au duc un jour qu'elle se trouve seule avec lui qu'il n'en est rien.

Mina sait cela plus tard, mais croit que le duc a su que la confidence était fausse dès le moment où elle a été faite. Son épreuve a donc *manqué*.

Si j'ai besoin de choses *vraies*, naturelles, laides, etc. Mad. de Strombek rêve la possibilité de devenir duchesse en épousant Léon et cherche à le brouiller avec Mina.